RÉVÉLATIONS

KATE BRIAN

RÉVÉLATIONS

Traduit de l'anglais (États-Unis) par
Sidonie Van den Dries

ÉDITIONS FRANCE LOISIRS

Titre original : *Revelation*.
Première publication : Simon Pulse, une marque de Simon & Schuster Children's Publishing Division.

Édition du Club France Loisirs,
avec l'autorisation des Éditions Bayard Jeunesse.

Éditions France Loisirs,
123, boulevard de Grenelle, Paris.
www.franceloisirs.com

ISBN : 978-2-298-06462-9

Pour BV, qui a choisi de venir au monde le même jour que ce roman.

TRAC

Une sourde appréhension couvait au creux de mon ventre, telles des braises mal éteintes. Cette sensation m'était familière. Autrefois, lorsque je vivais encore avec mes parents à Croton, en Pennsylvanie, je l'éprouvais chaque jour en rentrant de l'école. Je me demandais avec angoisse ce qui m'attendait à la maison. Dans quel état j'allais trouver ma mère. Serait-elle évanouie par terre, un flacon de pilules renversé autour d'elle, ou occupée à briquer frénétiquement la cuisine, en pyjama ? À moins qu'elle ne m'attende de pied ferme, folle de rage, pour me reprocher une faute que je n'avais pas commise... Oui, je connaissais trop bien ce sentiment. Seulement, je l'avais un peu oublié depuis que j'étudiais à Easton.

Les vacances de Thanksgiving tiraient à leur fin. Grâce à l'argent du fonds Billings, j'avais pu m'offrir pour la toute première fois un aller-retour Easton-Croton en avion. Quand j'avais embrassé mes parents à l'aéroport, ce matin-là, j'avais dû refouler une envie terrible de rester auprès d'eux. Quelle ironie ! Maintenant que ma mère allait mieux, j'avais du mal à quitter la maison, et c'était la perspective de retourner au lycée qui me donnait le trac. Cela dit, c'était compréhensible. À Easton, tout le monde me considérait désormais comme une véritable paria.

Le chauffeur de taxi s'arrêta devant Bradwell, le dortoir des filles de troisième et seconde. Je payai la course et sortis de la voiture en me tortillant, harnachée de mon sac à dos, de mon sac marin et de mon ordinateur portable. Il faisait un froid de canard et un vent glacial agitait les branches des arbres. Je m'étais attendue à trouver le campus en pleine effervescence, un dimanche soir, au retour des vacances. Pourtant, il n'y avait pas âme qui vive dehors, et seules quelques fenêtres éclairées perçaient les façades de brique des trois dortoirs qui bordaient la cour ronde. Prenant mon courage à deux mains, je m'engageai sur le sentier pavé qui séparait Bradwell de Pemberly. Mon cœur battait au rythme de mes pas, de plus en plus fort à mesure que j'approchais de la cour carrée.

Je n'avais pas envie de rentrer à Billings. Je n'étais pas prête à affronter ce qui m'attendait.

Après avoir longé Bradwell, je m'arrêtai et regardai mon dortoir se dresser, majestueux, au fond de la cour carrée. Les braises se ranimèrent instantanément dans mon ventre. Une semaine seulement s'était écoulée depuis la collecte de fonds que nous avions organisée à New York pour sauver notre dortoir. Cet événement, qui aurait dû me porter au faîte de la gloire en tant que présidente de Billings, s'était soldé pour moi par une cuisante humiliation. Une personne malintentionnée avait choisi cette soirée pour envoyer, sur les téléphones portables de tous nos camarades d'Easton, une vidéo compromettante où l'on me voyait en pleine étreinte avec Dash McCafferty, le soir de l'Héritage. Dash était le mec de ma meilleure amie Noëlle Lange, et désormais plus personne n'ignorait nos frasques. Et, conséquence prévisible, plus personne ne m'adressait la parole.

Personne, sauf Sabine DuLac, ma camarade de chambre à Billings.

Alors que Noëlle m'avait virée de notre table à la cafétéria ; alors que Portia Ahronian avait organisé une virée shopping sans m'inviter, et que Kiki Rosen avait changé de place à la bibliothèque pour ne pas avoir à me parler, Sabine m'était restée fidèle. Dans mon malheur, je pouvais au moins me dire que j'avais une véritable amie. Une personne qui avait accepté d'entendre mes explications. Cela dit, Sabine avait toujours détesté Noëlle. J'imagine qu'elle aurait pris mon parti même si je lui avais tiré une balle dans la tête. Je n'avais plus qu'à espérer que ces quelques jours de vacances auraient rendu les autres filles Billings plus clémentes. Avec un peu de chance, Noëlle elle-même accepterait de m'écouter. Ce n'était pas gagné, mais je pouvais toujours essayer de me justifier.

Je marquai une pause au milieu de la cour carrée, tapissée de neige et éclairée seulement par les loupiotes qui bordaient le sentier. J'inspirai profondément et pris une résolution : j'allais entrer à Billings et obliger Noëlle à m'écouter. Au besoin, je lui crierais mes excuses à travers la porte de sa chambre. Je voulais qu'elle entende ma version, coûte que coûte.

Ma vie à Easton en dépendait.

Une violente rafale ébouriffa mes cheveux et me décida à me remettre en mouvement. Mes genoux tremblaient, mais je préférai attribuer cette faiblesse au froid ou au poids de mes bagages, plutôt qu'à la nervosité. J'approchais de Billings quand je vis une silhouette venir à ma rencontre. Je me figeai.

— Reed. Vous tombez bien. Justement, je voulais vous voir.

C'était l'inspecteur Hauer. Le spécialiste des mauvaises nouvelles. Il ne manquait plus que lui...

— Bonsoir.

Hauer était engoncé dans un manteau de laine étriqué et un chapeau de feutre cachait ses cheveux bruns, toujours mal coiffés. Son nez proéminent était rougi par le froid ; il avait des valises sous les yeux. Il me regarda comme un médecin regarde un patient avant de lui annoncer qu'il souffre d'un cancer incurable. Cela suffit à me donner envie de me précipiter dans le dortoir, malgré mon appréhension.

— Qu'est-ce qu'il y a ? lui demandai-je à contrecœur.

— Je voulais juste vous apprendre la nouvelle, dit-il en posant une main sur son chapeau.

Une nouvelle rafale faillit me faire tomber à la renverse.

— Comme vous vous êtes montrée très impliquée dans cette... euh... tragédie.

Hauer hésita et baissa les yeux. Je fronçai

les sourcils, méfiante. Ce type était un adulte, un officier de police de surcroît. Il n'était pas censé être mal à l'aise lorsqu'il s'adressait à moi.

— Nous avons trouvé de nouvelles preuves, dit-il. Votre camarade Cheyenne Martin... Nous sommes désormais certains qu'elle a été assassinée.

Ces paroles me firent l'effet d'une bombe. Je serrai de toutes mes forces la cordelette de mon sac marin, comme si cela pouvait m'empêcher de tomber en syncope. Ce n'était pas possible. Pas encore ! Pas un nouveau meurtre ! Cheyenne s'était suicidée. Nous l'avions retrouvée dans sa chambre, toutes ensemble. Nous avions lu sa lettre d'adieu. Elle m'avait même envoyé un mail pour m'accuser de l'avoir poussée au suicide, un message qui m'avait hantée pendant des semaines. En plus, personne n'avait entendu de bruit. Son corps ne portait aucune trace de sang ou contusion. Rien n'était cassé dans sa chambre. Comment était-ce possible ?

— Quoi ? lâchai-je. Vous me faites marcher ?

Quinze jours plus tôt, l'inspecteur Hauer m'avait appris que le dossier allait être rouvert à la demande des parents de Cheyenne.

Cependant, à l'époque, il était lui-même convaincu qu'il s'agissait d'un suicide.

— Hélas, non ! dit-il en glissant les mains dans ses poches.

Je réfléchis à toute vitesse :

— Je ne comprends pas. Quelles nouvelles preuves ?

Comment avaient-ils pu trouver de nouvelles preuves alors que Cheyenne était morte depuis des mois ? Alors qu'elle avait été incinérée ? Son ancienne chambre n'avait même pas été balisée et condamnée comme une scène de crime. Noëlle l'occupait depuis plusieurs semaines.

— Qu'est-ce que vous avez trouvé ?

L'inspecteur se racla la gorge :

— Je regrette : ces informations sont top secret.

— Top secret ! répétai-je, moqueuse. C'est quoi ? Une conspiration gouvernementale ?

Hauer me fusilla du regard.

— L'enquête exige une certaine confidentialité, se justifia-t-il. Cependant, nous allons recommencer à interroger tous les gens qui sont liés de près ou de loin à cette affaire. C'est pourquoi je voulais vous prévenir.

Il avait gagné en assurance et me fixait à présent d'un air tranquille !

— Si vous souhaitez me dire autre chose, c'est le moment.

— Autre chose ?

Je restai immobile, comme pétrifiée. J'avais du mal à respirer et j'étais incapable de penser de façon cohérente. Ainsi, Cheyenne avait été assassinée. J'allais devoir apprendre la nouvelle à mes camarades de Billings... En admettant qu'elles acceptent de rester plus de cinq secondes dans la même pièce que moi.

— Oui. Autre chose, n'importe quoi, insista l'inspecteur.

Dans son dos, j'aperçus un groupe de filles qui marchaient vers Pemberly, blotties les unes contre les autres. L'une d'elles nous remarqua et leva le menton. Une autre se tourna.

C'était Ivy Slade.

Lorsqu'elle posa sur moi ses yeux noirs comme le jais, une écharde de glace me transperça le cœur. Ivy reconnut Hauer et un petit sourire rusé se dessina sur son visage pointu. Elle prévoyait sans doute déjà de répandre la rumeur que la police m'avait interrogée ce soir. Cependant, cette pensée ne fit que m'effleurer. L'histoire qu'Ivy m'avait confiée le soir de la collecte de fonds venait brusquement de me revenir en mémoire, avec tout ce qu'elle avait de terrifiant. Sa haine déclarée pour Billings. Sa promesse de faire tomber de leur piédestal toutes les pensionnaires du dortoir, Noëlle en particulier.

Ce soir-là, Ivy m'avait raconté comment, alors qu'elle était en seconde, les filles Billings l'avaient forcée à cambrioler sa grand-mère pour lui voler un objet de valeur. Ivy et ses camarades avaient déclenché l'alarme de la maison et la vieille Mme Slade, terrorisée, avait été victime d'une crise cardiaque qui avait fini par l'emporter. Noëlle, Ariana, Cheyenne et les autres avaient fui avant l'arrivée de la police, abandonnant Ivy seule avec sa grand-mère inanimée.

Si Cheyenne avait vraiment été assassinée, alors, pour moi, Ivy était le suspect numéro un. Elle avait le mobile parfait et elle était capable de choses effroyables. Depuis la mort de Cheyenne, une personne me persécutait en laissant dans ma chambre des objets qui avaient appartenu à notre camarade, et en allant jusqu'à balancer à tout le lycée une vidéo sordide de mes ébats avec Dash McCafferty. Cette personne, c'était Ivy, j'en étais sûre. Et, bien entendu, ma conviction n'avait rien à voir avec le fait qu'elle m'avait volé Josh Hollis, l'amour de ma vie.

— Ivy Slade, dis-je à voix basse, tandis que les filles s'éloignaient en bavardant.

— Pardon ?

L'inspecteur fit le dos rond pour se protéger du vent.

— Ivy Slade ! répétai-je un ton plus haut.

Hauer soupira et souffla sur ses mains crevassées :

— Reed, nous l'avons déjà interrogée. Ce n'est pas elle la coupable.

— Interrogez-la encore.

— Nous ne pouvons pas perdre notre temps à...

— Je vous assure que ce n'est pas une perte de temps, inspecteur.

Mon sang circulait à toute vitesse dans mes veines et battait dans mes tempes.

— Cette fille est capable de commettre un meurtre, j'en suis sûre. Elle haïssait Cheyenne. La semaine dernière, elle a même menacé Noëlle...

Cette dernière phrase retint l'attention de l'inspecteur :

— Elle l'a menacée de la tuer ?

— Euh, non. Pas en ces termes, mais...

Le policier parut soudain accablé de fatigue :

— Écoutez, à moins que vous n'ayez des preuves irréfutables contre Mlle Slade, nous ne pouvons rien faire.

Il avait prononcé ces mots sur un ton impatient et condescendant. Comme s'il avait affaire à une gamine écervelée qui s'amusait à colporter des rumeurs. Je serrai de nouveau à la broyer la bandoulière de mon sac marin.

— Croyez-moi, vous n'êtes pas au courant de toute l'histoire, affirmai-je d'une voix posée.

Hauer soupira de nouveau et renversa la tête pour contempler le ciel sans étoiles :

— Dans ce cas, je vous propose de me la raconter. Je sais que nous avons déjà parlé de la... euh... lettre que vous avez reçue de la messagerie de Mlle Martin la nuit de sa mort, et de vos relations houleuses. Mais j'aurais également besoin de votre déclaration officielle : où étiez-vous, et avec qui, à l'heure de la mort de Cheyenne Martin ?

Je sentis la moutarde me monter au nez et des éclairs durent jaillir de mes yeux. Hauer m'interrogeait sur mon alibi alors qu'une psychopathe se baladait en liberté sur le campus !

— Vous voulez savoir ce que je faisais ? Très bien, dis-je en bombant le torse. À l'heure du meurtre, je dormais dans mon lit pendant que ma camarade de chambre dormait dans le lit voisin. Je me suis réveillée quand j'ai entendu des hurlements et j'ai foncé dans le couloir. En arrivant dans sa chambre, j'ai vu Cheyenne allongée sur le sol, morte. Je ne sais rien de plus. Et maintenant, si vous alliez questionner quelqu'un d'autre ? Quelqu'un qui aurait, je ne sais pas, moi... un mobile, par exemple.

Hauer me lança un regard exaspéré et ouvrit la bouche pour parler, mais je n'étais plus d'humeur à poursuivre cette conversation. Je fis volte-face et fonçai vers Billings, soudain confiante à l'idée d'affronter Noëlle et les autres. C'est fou, l'effet positif d'une bonne décharge d'adrénaline.

Au moins, l'inspecteur Hauer était bon à quelque chose.

DISGRÂCE

Je surfai sur cette vague de confiance jusqu'au moment où j'entrai dans le hall de Billings. J'eus aussitôt l'impression étrange, vertigineuse, d'avoir provoqué un silence soudain. Je me tournai lentement vers le salon. D'où j'étais, j'apercevais plusieurs de mes camarades, assises sur le sofa en brocart doré. Astrid Chou me lança un regard en coin. Elle voûta les épaules et se passa une main sur la joue pour dissimuler son visage.

Le silence était impressionnant. On n'entendait que les crépitements du feu dans la cheminée. Je déglutis péniblement ; j'avais une feuille de papier de verre à la place de la langue.

« Bouge, Reed ! Ne reste pas plantée là », m'ordonnai-je en pensée.

Je me débarrassai de mes sacs dans le couloir et marchai vers le salon en retirant mon manteau, mon écharpe et mes gants. Il était temps : mon thermomètre interne devait atteindre les 2 000 degrés. À mesure que j'approchais, j'embrassais du regard une portion plus large de la pièce. Lorsque je m'arrêtai sur le seuil, mes craintes se trouvèrent confirmées.

Les filles Billings au grand complet étaient dans le petit salon. Portia Ahronian, Shelby Wordsworth, London Simmons et Vienna Clark, installées sur le canapé, évitaient mon regard. Kiki Rosen, Missy Thurber et Lorna Gross s'entassaient sur le sofa à côté d'Astrid. Tiffany Goulbourne et Rose Sakowitz occupaient des chaises capitonnées près de la télé. Même Constance Talbot et Sabine DuLac étaient là, assises par terre, les jambes repliées sous la table basse. Enfin, tel un maître de cérémonie, Noëlle Lange trônait sur la bergère devant la cheminée. Elle portait un pull noir à col roulé et une jupe en flanelle noire et grise, et ses cheveux bruns étaient coiffés en chignon. De gros diamants scintillaient à ses oreilles. Elle plongea ses yeux marron dans les miens, tandis qu'un vague sourire se dessinait sur ses lèvres pleines.

— Que se passe-t-il ? demandai-je timidement.

Plusieurs filles se tortillèrent sur leur siège.

Ce n'était visiblement pas une réunion fortuite. Les filles Billings avaient reçu la consigne de revenir de bonne heure sur le campus pour y assister. Et c'est Noëlle qui l'avait convoquée.

Je fixai Sabine, qui gardait les yeux rivés sur ses jambières en cuir. Pourquoi ne m'avait-elle pas prévenue ?

— Tu tombes bien, Reed ! me lança Noëlle.

Elle se renversa sur son dossier et me toisa froidement, les avant-bras posés sur les accoudoirs du fauteuil. Puis elle leva les mains, les paumes vers le ciel, et ses yeux pétillèrent joyeusement :

— On vient juste de voter ton exclusion.

Il me sembla que la terre venait de s'ouvrir sous mes pieds. Noëlle n'avait pas vraiment prononcé ces mots-là. Pas sur ce ton guilleret. C'était impossible. Ou alors c'était une plaisanterie. Pourtant, personne ne riait ; personne ne bougeait. J'empoignai le dossier du sofa. Au passage, j'agrippai une mèche de cheveux de Lorna, qui se dégagea brutalement :

— Aïe !

— Comment ça, vous avez voté mon exclusion ? lâchai-je dans un souffle.

Soudain, tout m'apparaissait déformé : les

visages, les meubles, les flammes qui dansaient dans la cheminée. Normal : j'étais en plein cauchemar. Ça ne pouvait pas être réel.

Noëlle se leva et lissa sa jupe :

— Tu as une heure pour récupérer tes affaires. Une chambre simple t'attend à Pemberly.

Ma tête se mit à tourner et je me sentis nauséeuse. Au prix d'un immense effort de concentration, je regardai les filles avec qui j'avais partagé tant de choses. Celles qui m'avaient élue présidente deux mois plus tôt. Qui m'avaient élue à l'unanimité ! Nous avions révisé ensemble, fait du shopping ensemble, colporté des ragots, surmonté des gueules de bois, dit du mal de nos parents, de nos mecs et de nos profs. C'étaient mes amies. Mes premières véritables amies. Ma vraie famille. Jamais elles ne me feraient une chose pareille.

— Non. Les filles, vous ne pouvez pas...

— Bien sûr que si ! me coupa Noëlle.

Elle se fraya un chemin dans une forêt de jambes tendues pour venir se planter devant moi :

— Ce sont les résidentes de Billings qui décident qui vit dans ce dortoir, rappelle-toi. Et on vient de décider qu'on ne veut pas de traître parmi nous.

Je crispai la main sur le dossier du sofa. J'avais du mal à respirer. Je fixai les yeux bruns et froids de Noëlle en attendant la suite. J'étais sûre qu'elle allait éclater de rire et déclarer qu'il s'agissait d'une plaisanterie. Nous étions des amies. Quasiment des sœurs. D'accord, j'avais déconné... mais, en principe, on laisse les gens implorer leur pardon avant de les jeter à la rue, non ?

— Non, lâchai-je enfin. Non. Je ne te crois pas.

Je promenai un nouveau regard autour de moi, cherchant à capter celui de mes amies. Tiffany, d'un naturel si affable, se détourna, n'offrant à ma vue que ses pommettes parfaites. Rose, toujours si douce, si calme, fixait obstinément ses genoux, cachée derrière ses boucles rousses. Portia roula ses grands yeux verts quand je la fixai, et les villes jumelles se mirent à examiner leurs ongles vernis. Seules Constance et Sabine soutinrent mon regard, implorant silencieusement mon pardon.

La réalité me frappa comme un coup de massue. Ainsi, c'était vrai. Elles s'étaient toutes liguées contre moi. Elles avaient voté mon exclusion du dortoir que je venais de sauver. Le dortoir pour lequel j'avais récolté 5 millions de dollars, la « rançon » que Cromwell, notre directeur, avait exigée pour ne pas le fermer. Le dortoir dans lequel j'avais vécu toute l'année dernière, plus longtemps que la plupart d'entre elles. C'était ma maison. Et elles me la confisquaient.

— Qui a voté mon exclusion ? demandai-je.

J'étais tellement furieuse, tellement désespérée que je tentais de me raccrocher à des fétus de paille. Mais, tant qu'à faire, autant en avoir le cœur net. Je voulais savoir qui m'avait trahie.

Noëlle s'esclaffa. Les autres filles échangèrent des regards inquiets. Incrédules. Ma question devait leur sembler déplacée, vulgaire, mais c'était le cadet de mes soucis.

— Qui a voté mon exclusion ? répétai-je. Je veux le savoir.

Missy Thurber fut la première à lever la main. Prévisible : cette peste aux narines béantes m'avait toujours détestée. Sans se presser, d'autres filles l'imitèrent : Lorna, Shelby, Portia... et même Kiki, Rose, Tiffany et les villes jumelles. Elles avaient toutes voté contre moi ! Des filles que je prenais pour mes meilleures amies une semaine plus tôt.

Seules trois paires de mains restèrent posées sur les genoux de leurs propriétaires.

Sabine, Constance et Astrid avaient pris

mon parti. C'était tout. Trois amies. Voilà ce qu'il me restait.

La boule d'angoisse logée au fond de mon ventre se changea en bloc de chagrin, lourd et glacé.

— Désolée, Lèche-vitres, dit Noëlle en inclinant la tête. Tu vas retourner à l'endroit que tu n'aurais jamais dû quitter.

« L'endroit que je n'aurais jamais dû quitter... » Elle plaisantait ? C'était elle qui m'avait convaincue que ma place était ici. Elle qui avait répété à qui voulait l'entendre que j'étais un atout pour Billings. Comment osait-elle prétendre le contraire aujourd'hui ?

Elle me dépassa en m'effleurant l'épaule. Ce contact fit office de détonateur ; ma colère explosa :

— Je ne crois pas, non !

La petite assemblée retint son souffle. Je n'étais pas sûre de vouloir encore vivre dans ce dortoir, au milieu de ces filles hostiles, mais je n'allais pas me rendre sans combattre. Je ne ferais pas ce plaisir à Noëlle.

Celle-ci pivota, incrédule :

— Pardon ?

Je rassemblai tout mon courage pour l'affronter :

— Tu peux toujours me servir ton baratin : « c'est Billings qui décide qui vit à Billings », sauf que cette règle ne s'applique plus aujourd'hui. Plus depuis que Cromwell l'a transgressée au début de l'année. Je n'irai nulle part !

Noëlle me fusilla du regard. Avant même qu'elle n'ouvre la bouche, je devinai qu'elle allait pulvériser mon argument.

— Ça t'arrangerait bien, hein ? dit-elle en me toisant d'un air moqueur. Mais, quand j'ai remis – en personne – un chèque de 5 millions de dollars au Crom, il m'a plus ou moins dit que j'avais carte blanche dans ce dortoir.

« En personne ? » Comme si je ne m'étais pas décarcassée pour cette collecte de fonds, moi aussi. Mais Noëlle ne me laissa pas le temps de réagir à ce nouvel affront.

— Et, puisque j'ai carte blanche, j'ai parfaitement le droit de te jeter dehors, enchaîna-t-elle avec un sourire mauvais. N'aggrave pas ton cas en faisant une scène.

Mon visage me brûlait comme si j'étais restée en plein soleil plusieurs jours d'affilée. Noëlle se délectait de la situation. Elle adorait m'humilier devant tout le monde, me voir souffrir. À cet instant, je la détestais tellement que j'aurais pu lui arracher les cheveux. En même temps, j'aurais donné n'importe quoi pour la faire changer d'avis. Pour qu'elle me passe un bras sur les épaules et m'assure que tout allait s'arranger. Penser que j'avais définitivement perdu son amitié me désespérait.

— Venez, mesdemoiselles ! lança-t-elle à la cantonade. Je vous ai rapporté des petits cadeaux de New York.

À ce signal, les filles Billings se levèrent et se dirigèrent gaiement vers la porte en me contournant comme une vulgaire flaque de boue. Même si j'avais voulu bouger, j'en aurais été incapable. En plus, après la gifle qu'elles venaient de m'infliger, je n'allais pas leur faciliter le passage. C'était une toute petite vengeance, mais je n'avais rien de mieux en magasin.

Lorsque la pièce fut presque vide, je retrouvai l'usage de mes membres et m'avançai vers Noëlle.

— S'il te plaît, ne fais pas ça, l'implorai-je à voix basse.

La supplier m'était pénible. Je ne voulais pas m'expliquer alors que je bouillais encore de colère. Mais quelque chose me disait que c'était peut-être ma dernière chance.

— J'étais saoule et je croyais que vous aviez rompu. Je suis infiniment désolée.

Pendant une fraction de seconde, je vis les profondeurs de la blessure de Noëlle se refléter dans ses yeux, et mon cœur saigna pour elle. Je l'avais anéantie. Ma meilleure amie. La fille qui m'avait aidée à traverser les pires moments de ma vie. Je l'avais blessée de façon irréparable. Toute cette scène n'était pour elle qu'un moyen de se protéger. De sauver la face. La culpabilité faillit m'étouffer ; pourtant, je me ressaisis. Je méritais une punition, d'accord. Mais fallait-il vraiment qu'elle soit aussi cruelle ?

Noëlle se détourna un bref instant. Quand elle me regarda de nouveau, elle avait retrouvé son air impérieux.

— Peu importe ce que tu as pensé, dit-elle en croisant les bras. Dash était à moi et il est toujours à moi. Et, même si on avait rompu, tu n'avais pas le droit de faire ça. L'ex d'une amie, c'est sacré.

Je clignai des yeux.

— Je sais que tu meurs d'envie d'avoir des nouvelles fraîches, reprit-elle avec un rictus méprisant. Alors, voilà : Dash et moi, on est ensemble, et on le sera toujours. Un moment de faiblesse de sa part n'y changera rien. Surtout que c'est évident que tu t'es jetée dans ses bras.

L'énormité de ce mensonge me coupa le souffle. C'était Dash qui m'avait invitée à le rejoindre sur le toit à l'Héritage. C'était lui aussi qui avait pris l'initiative de m'embrasser. Apparemment l'un des deux, Noëlle ou lui, avait décidé de récrire l'histoire pour permettre à leur couple de renaître de ses cendres. En conséquence de quoi, j'étais devenue la seule coupable.

— Ne t'inquiète pas. Il y a quand même une justice, dit Noëlle en levant le menton. Dash aussi sera puni. Il va devoir ramper devant moi pendant très, très longtemps...

J'essuyai mes paumes moites sur mon jean et fis une dernière tentative :

— Noëlle, je regrette vraiment ce qui s'est passé. Tu as raison : j'ai dépassé les bornes et je ferais n'importe quoi pour me racheter. Mais je t'en prie. Cette histoire ne nous concerne que toutes les deux. Tu n'étais pas obligée d'impliquer tout le dortoir.

Un sourire tordit ses lèvres :

— Ce n'est pas moi qui l'ai décidé. Ce n'est même pas moi qui ai eu l'idée du vote.

Je clignai des yeux, stupéfaite :

— Comment ?

— Tu as la mémoire courte, Reed ! C'est l'essence même de Billings. Nous sommes solidaires les unes des autres. Cela implique parfois de choisir entre deux sœurs, et d'exclure celle qui a commis une erreur.

Mon cœur chavira. J'avais un goût amer dans la bouche et j'étais au bord de la nausée. Combien de fois Noëlle m'avait-elle répété ces mots ? Combien de fois m'avait-elle promis de veiller toujours sur moi, parce que les filles Billings se soutenaient mutuellement contre vents et marées ? Hélas, je ne méritais plus ce privilège. Elle me l'avait confisqué.

— Une heure, me rappela-t-elle en tapotant le cadran de sa montre.

Son intonation avait quelque chose de définitif qui me fit flancher les genoux.

— L'aiguille tourne, ajouta-t-elle avant de pivoter sur ses talons.

Bras de fer

Mes bagages. Je faisais mes bagages. Je récupérais méthodiquement des piles de vêtements dans la commode pour les ranger dans la plus grande de mes valises. J'avais le cœur lourd. On ne voulait plus de moi à Billings. On me chassait du seul endroit où je m'étais vraiment sentie chez moi.

— On a essayé de les faire changer d'avis, mais elles n'ont rien voulu entendre, me confia Astrid avec son adorable accent anglais.

Lentement, comme à regret, elle pliait mes draps et les entassait dans un grand sac en plastique vert qu'elle était allée chercher dans le placard à ménage. Des sacs-poubelles en guise de valises. J'étais tombée bien bas.

— C'est n'importe quoi, ajouta-t-elle. Ça arrive à tout le monde de faire des bêtises, non ? C'est humain.

— Certaines filles auraient voulu voter pour que tu restes, mais elles ont eu peur de Noëlle, intervint Constance.

Debout près de la penderie, elle triturait une boucle de ses cheveux roux en me jetant des coups d'œil inquiets. Elle avait peur de me voir craquer, c'était clair. J'étais soulagée qu'elle ait recommencé à m'adresser la parole. Le soir de la collecte de fonds, choquée d'apprendre ce que j'avais fait à Noëlle, elle avait carrément refusé de me regarder. Cependant, elle aussi trouvait la punition démesurée au regard de la faute commise. Comme Sabine, elle n'avait pas levé le petit doigt pour m'aider dans mes préparatifs. À croire qu'elles craignaient de précipiter mon départ.

— Est-ce qu'on peut faire quelque chose ? me demanda finalement Sabine en s'asseyant sur son lit.

Ses yeux verts m'imploraient presque de répondre par l'affirmative.

Faire quelque chose pour moi ? Comme quoi ? Plaider ma cause auprès de Noëlle ? La ligoter pour l'obliger à m'écouter ? M'offrir une machine à remonter le temps pour me permettre de retourner à l'Héritage et d'envoyer balader Dash ?

— Tu peux m'aider à ranger ? suggérai-je avec un sourire triste.

Sabine et Constance échangèrent un regard résigné. Constance se tourna vers la penderie et Sabine se leva pour l'aider à descendre mes pulls de la plus haute étagère.

— Je déteste Noëlle ! déclara Sabine. Il faudrait vraiment que quelqu'un se décide à lui donner une...

À cet instant, la porte de notre chambre s'ouvrit à la volée et Noëlle entra. Sabine se tut et nous nous figeâmes. Si elle avait entendu les paroles de Sabine, Noëlle n'en laissa rien paraître. Elle se campa devant moi, les bras croisés.

— Je veux récupérer tous les trucs de Billings ! annonça-t-elle.

Je clignai des yeux :

— Les trucs de Billings ? Quels trucs de Billings ?

— Le sac Chloé, pour commencer. Et tous les autres cadeaux que les anciennes élèves ont mis à l'intérieur. Qu'est-ce qu'elles t'ont donné ? Du liquide ? Une carte de crédit ? Tu dois me les rendre immédiatement.

Elle tendit une main et agita les doigts, comme si j'allais tout lui poser dans la paume.

C'était un test. Noëlle s'amusait à tester

mes limites. L'expérience m'avait appris que je devais résister sur-le-champ. Je levai le menton et la toisai d'un air de défi :

— Non.

Elle plissa les yeux :

— Pardon ?

— Non. Je ne te donnerai pas le sac, ni rien d'autre.

Je ne pouvais pas céder. Faire preuve de faiblesse serait catastrophique. Surtout si je voulais regagner un jour son respect.

— Ces trucs m'appartiennent. C'est à moi qu'on les a offerts.

Noëlle fit un pas menaçant dans ma direction :

— Ce sont des cadeaux que tu as reçus en tant que présidente de Billings. Tu ne vis plus ici. Tu n'as plus le droit de...

— Désolée. J'ai parfaitement le droit de conserver mes cadeaux.

Je m'efforçais de paraître détachée, alors que mon cœur battait à tout rompre :

— Ils n'étaient pas accompagnés d'une clause de renonciation, que je sache.

Pour souligner mon propos, je ramassai le magnifique sac Chloé en cuir et le lançai dans le sac-poubelle d'Astrid, par-dessus mes draps. Noëlle me fusilla du regard. Puis elle soupira, comme pour condamner mon attitude puérile :

— Très bien. Mais je veux récupérer le CD. Il ne peut pas rester entre les mains d'une étrangère.

Je me sentis rougir. J'avais caché l'existence de ce disque à mes amies.

— Un CD ? Quel CD ? demanda Sabine, soudain curieuse.

— Noëlle ! sifflai-je entre mes dents. Je n'en ai parlé à personne...

— Les anciennes élèves ont confié à Reed un CD contenant des infos personnelles et compromettantes sur nous, et sur toutes les personnes qui ont un jour vécu à Billings, expliqua Noëlle. Elle l'a depuis des semaines. Je suis étonnée qu'elle ne t'en ait pas parlé, au moins à toi...

Quelle garce ! Non contente de me jeter dehors, il fallait aussi qu'elle sème la zizanie entre Sabine et moi.

— Des informations compromettantes, répéta Astrid. Quel genre d'informations ?

— Des choses sur nos familles, et tout ? demanda Constance, les yeux ronds.

— Des trucs sur notre passé ? ajouta Sabine.

La tension dans la pièce était palpable. Les

trois filles étaient effarées à l'idée que je puisse connaître leurs secrets. Seule Noëlle affichait un sourire triomphant.

— Je n'ai pas lu vos dossiers, dis-je en regardant tour à tour Sabine, Constance et Astrid. Jamais je n'aurais fait une chose pareille.

Je m'interrompis et fixai Noëlle.

— Pas à vous, en tout cas, ajoutai-je sur un ton plein de sous-entendus.

Je n'avais pas consulté le dossier de Noëlle non plus, mais rien ne m'empêchait de lui faire croire le contraire. Avec ce qu'elle me faisait subir, ce n'était que justice... Mais elle continua à sourire. Elle ne cilla même pas.

— Le disque, Reed, répéta-t-elle. Tu sais parfaitement que tu n'as plus le droit de l'avoir.

C'était une cause perdue. Jamais Noëlle ne renoncerait, et j'étais pressée qu'elle quitte ma chambre. J'allai donc prendre mon classeur à CD, que je feuilletai jusqu'à la dernière page. Je sortis le disque Billings de derrière le CD de John Mayer, où je l'avais caché après avoir consulté mon dossier le mois précédent. Sabine, Constance et Astrid le fixèrent comme si c'était une bombe atomique. Je l'examinai à mon tour. Dire qu'un objet aussi minuscule recelait un tel pouvoir... Allais-je vraiment le remettre à Noëlle devant mes amies ? Voulais-je déstabiliser les seules personnes qui m'avaient été fidèles, envers et contre tout ?

Non. Certainement pas.

Je posai le CD à cheval sur le bord de mon bureau et levai un poing. Noëlle se précipita :

— Qu'est-ce que tu...

Trop tard. J'abattis la main sur le disque, qui se brisa. Je balançai les deux moitiés aux pieds de Noëlle comme un frisbee :

— Tiens. Le voilà, ton précieux disque.

Constance, Astrid et Sabine me regardèrent bouche bée.

— Parfait, lâcha Noëlle. J'en demanderai une copie.

Elle consulta sa montre :

— Il ne te reste que 33 minutes.

Sur ces mots, elle sortit en claquant la porte derrière elle. Astrid s'accroupit pour ramasser les morceaux du CD. Elle me les tendit nerveusement :

— C'était vraiment si terrible, ces dossiers ?

— Je n'ai consulté que le mien et c'était assez glauque, confirmai-je. Il recensait les revenus de mes parents, combien d'argent j'ai gagné l'été dernier, la liste de tous mes mecs... Il y avait même des trucs sur mon frère.

— Ça fait peur, convint Astrid en jetant les fragments dans la corbeille à papier.

— Vous croyez vraiment qu'elle pourra s'en procurer un autre ? demanda Sabine.

Je haussai les épaules.

— Sans doute. Mais vous n'avez pas de raison de vous inquiéter. Vous êtes irréprochables, vous ! plaisantai-je.

— C'est vrai ! répondirent-elles en chœur.

Le regard qu'elles échangèrent démentait cette affirmation. J'éclatai de rire et elles m'imitèrent. J'avais du mal à croire qu'elles dissimulaient des secrets aussi terribles. Ils l'étaient peut-être à leurs yeux, mais, comparés aux secrets de filles comme Ariana ou Cheyenne, c'était des broutilles.

— Allez. Vous avez entendu Noëlle : on n'a plus que 33 minutes.

Sabine soupira et se remit au travail.

— Je n'arrive toujours pas à le croire, dit-elle tristement.

Elle ramena ses longs cheveux bruns derrière ses épaules, faisant cliqueter au passage ses boucles d'oreilles en coquillages.

— Je pourrais peut-être demander à changer de dortoir ! s'écria-t-elle, soudain tout excitée. On partagerait une chambre à Pemberly...

Sa proposition me toucha. Ainsi, je comptais plus que Billings à ses yeux. C'était inattendu. Mais je ne pouvais pas lui infliger ça.

— Tu as entendu Noëlle : c'est une chambre simple, répliquai-je. Merci quand même.

Sabine parut sincèrement déçue.

— Dans ce cas, il faudrait vraiment qu'on ait une discussion avec les autres, dit-elle. On pourrait leur proposer de revoter.

Je secouai la tête :

— Non. Je ne veux pas m'abaisser à ça.

— Tu as raison, dit Astrid en tassant mon oreiller dans le sac-poubelle. Garde la tête haute et ignore-la. C'est la meilleure façon de réagir.

— Peut-être que, si tu vas vivre quelque temps à Pemberly, elle se calmera, dit Constance en se mordillant la lèvre. Peut-être que... je ne sais pas... Peut-être qu'elles changeront toutes d'avis.

Pemberly. Je frissonnai en pensant au vieux bâtiment gris avec ses minuscules fenêtres, ses peintures défraîchies et son mobilier branlant.

Mais Constance avait raison. Le plus sage était d'essayer d'arranger les choses de loin. De toute façon, je n'avais pas le choix.

— C'est tellement injuste, murmura Sabine. Billings, c'est toi.

Ces paroles sonnaient comme une oraison funèbre. Mes amies me regardèrent avec tristesse et mon cœur saigna. Depuis l'endroit où je me trouvais, je voyais les deux moitiés du CD luire dans la corbeille à papier.

— Plus maintenant, dis-je.

VOISINES

Ma chambre à Pemberly était l'un des endroits les plus déprimants que j'avais jamais vus. Le parquet était usé, taché. De vieux meubles branlants étaient adossés aux murs : le lit à gauche, le bureau juste en face, la commode à droite, laissant à peine assez d'espace au centre de la pièce pour circuler. Une seule fenêtre, haute et étroite, éclairait la chambre. Sa peinture était écaillée et je pariai que sa poignée me resterait dans les mains si j'essayais de l'ouvrir.

Je me tournai pour inspecter la penderie. Elle était minuscule et fermée par une porte accordéon en faux bois.

Comparée à ma chambre à Billings, celle-ci avait des allures de cellule de prison. En plus, il y faisait glacial. Le Crom serait bien inspiré d'employer une partie de ses cinq millions de dollars pour rénover Pemberly. Dire que des gens payaient des sommes astronomiques pour que leurs filles vivent dans ce taudis ! C'était révoltant !

J'ouvris la porte de la penderie – qui, bien sûr, sortit de son rail – et balançai mes sacs à l'intérieur, à même le sol. Un gros mouton de poussière s'envola et je sentis les larmes me monter aux yeux. Comment en étais-je arrivée là ? J'avais fait une erreur, une seule. Une grosse bêtise, mais quand même. Ma vie telle que je la connaissais était-elle vraiment finie ?

« Allons, Reed, reprends-toi. Ne pleure pas. Tu ne voudrais pas laisser cette peste de Noëlle t'anéantir ? »

Je m'assis sur le lit, qui grinça désagréablement, et m'emmitouflai dans mon manteau. Le radiateur était-il éteint, ou simplement HS ? Dans ce cas, je devrais aller me plaindre à l'administration dès le lendemain.

Par la porte restée ouverte, j'entendais des rires, de la musique et des voix fuser dans le couloir. Ces bruits m'étaient étrangers. J'étais entourée d'inconnues. À cette pensée, le chagrin me submergea.

Ma chambre me manquait. L'espace, la propreté, l'intimité de la salle de bains que je partageais avec Sabine. Mais aussi la vue que j'avais de ma fenêtre, ma penderie, les lumières incrustées dans le plafond, la chaleur.

Et Sabine. En fait, toutes les filles Billings me manquaient, même celles qui s'étaient liguées contre moi. Elles me manquaient tellement que c'en était douloureux. Elles auraient pu au moins me donner une chance de m'expliquer. De me racheter. C'était tellement injuste !

Je ramenai les genoux sous mon menton, prête à fondre en larmes. Mais, de nouveau, je me fis violence.

« Non, Reed. Ne pleure pas ! répétai-je en posant les doigts sur mes tempes. Je t'interdis de pleurer ! »

Je me levai et allai prendre une feuille rose posée sur le bureau. C'était un document dactylographié intitulé *Pemberly : règlement intérieur.* Le règlement du dortoir... Pourquoi pas ? Le lire me distrairait pendant dix secondes. Ce serait toujours ça de pris.

J'allais entamer ma lecture, quand je remarquai des objets que la feuille avait dissimulés à ma vue. Mon sang se figea et je laissai retomber la main.

Une petite carte blanche portant mon nom à l'encre rose gisait au milieu du bureau. C'était mon carton de placement lors de la dernière réunion officielle que Cheyenne avait organisée à Billings. Un minuscule sac en velours était posé dessus, laissant échapper des pilules. Des pilules blanches à pois bleus. Celles que Cheyenne avait avalées pour se suicider. Non : celles que son assassin avait utilisées pour la tuer.

Je reculai en titubant et me cognai dans la penderie. La douleur irradia jusque dans ma colonne vertébrale, mais je la sentis à peine. Mon cœur battait à tout rompre ; mes oreilles bourdonnaient. Qui avait fait cela ? Dans quel but ? Était-ce pour me signifier que j'étais la prochaine sur la liste ? Cheyenne était morte la nuit où elle avait été renvoyée d'Easton. Je venais juste d'être chassée de Billings. L'assassin m'avait-il laissé ceci en guise d'avertissement ? Cela voulait-il dire que j'allais mourir ce soir ?

Je me mis à fouiller frénétiquement la chambre, m'attendant presque à voir quelqu'un surgir de nulle part, comme dans un film d'horreur. Il n'y avait aucune cachette possible. Pourtant, j'étais en proie à une véritable panique. Personne ne savait que j'allais m'installer à Pemberly, à part les filles Billings. Était-ce l'une d'elles qui m'avait laissé ceci ? Mais qui ? Et pourquoi ? Pourquoi mon persécuteur persistait-il à me torturer ?

— Tiens, tiens ! Regardez qui emménage dans nos quartiers insalubres...

Un frisson glacé me traversa. Je fis volte-face et découvris Ivy Slade, appuyée au chambranle de la porte. Un rictus déformait son visage pointu de sorcière. Je battis instinctivement en retraite pour l'empêcher de voir la carte de placement et les pilules. Après ce que je venais de découvrir, son apparition me semblait de mauvais augure.

— Je viens saluer ma nouvelle voisine ! déclara Ivy sur un ton faussement enjoué.

— Quoi... Qu'est-ce que tu racontes ?

Elle entra dans la pièce sans répondre. Deux bons mètres nous séparaient, et malgré sa maigreur, accentuée par son slim et son top noir, elle n'en était pas moins impressionnante. Je la regardai détailler les lieux sans broncher.

— Depuis le début de l'année, ça me rend dingue de savoir qu'il y a une chambre libre juste à côté, dit-elle. J'ai demandé une bonne dizaine de fois à Cromwell si je pouvais m'y installer, mais il a toujours refusé.

Elle fit une pause et me fixa de ses yeux de jais :

— Il devait savoir dès le début que tu atterrirais ici.

Ce commentaire me mit hors de moi. Mais comme d'habitude, dans ma confusion, je ne trouvai pas de répartie.

— À vrai dire, maintenant que je la vois, je suis contente qu'il ne me l'ait pas donnée, ajouta Ivy en plissant le nez. Personne n'a dû faire le ménage ici depuis une éternité. Et c'est quoi, cette odeur ?

Elle renifla et plongea son regard dans le mien avant d'observer :

— Ça sent la mort.

Je faillis en avaler ma langue.

« Ça sent la mort ! » Était-ce une menace ?

Les yeux d'Ivy continuaient de me sonder. Était-ce elle qui m'avait laissé ces pilules ? Allait-elle essayer de me tuer, comme elle avait tué Cheyenne ?

— Bon, eh bien, fais de beaux rêves ! me lança-t-elle gaiement avant de tourner les talons.

Après son départ, je restai un instant pétrifiée ; j'avais du mal à respirer. Presque aussitôt, une musique rock agressive fit trembler le mur du côté de mon lit. Ainsi, cette garce avait dit vrai : elle vivait dans la chambre voisine ! La fille qui avait décidé de faire de ma vie un enfer. La fille qui m'avait piqué l'amour de ma vie et venait de me menacer de mort à mots à peine couverts vivait juste à côté de moi !

Paniquée, j'allai prendre ma chaise de bureau et la coinçai sous la poignée de la porte, comme j'avais vu faire dans un nombre incalculable de films. Puis je reculai, frottai mes paumes moites sur mon jean et réfléchis à ce que je pouvais faire d'autre pour me protéger. Même si je me trompais, même si Ivy ne m'avait pas réellement menacée, même si son commentaire était dénué de sous-entendu, il n'en restait pas moins qu'un assassin se promenait en liberté sur le campus. Un assassin qui venait de laisser l'arme du crime dans ma chambre. Je n'étais pas près de m'endormir !

Pourquoi étais-je ici, transie de peur, alors que j'aurais pu être pelotonnée dans mon lit douillet à Billings, à côté de Sabine ?

L'injustice de la situation m'apparut soudain dans toute sa cruauté. Je me laissai glisser sur le sol froid, le dos contre mon lit. La musique d'Ivy me faisait tressaillir malgré moi et m'empêchait de réfléchir. À un moment, les digues lâchèrent et j'éclatai en sanglots. J'enfonçai le visage entre mes genoux, agrippant mes jambes en hoquetant. Dans mon malheur, j'avais tout de même un motif de satisfaction : la musique empêchait Ivy de m'entendre. Elle ne pourrait pas savourer sa victoire.

INSOMNIE

Comme prévu, je me tournai et me retournai dans mon lit pendant des heures sans trouver le sommeil. Avant de me coucher, j'étais sortie en catimini de la chambre pour aller jeter la carte de placement et les pilules dans les toilettes communes. Si la police menait une enquête pour homicide, je ne voulais pas me faire prendre en possession de l'arme du crime. Pourtant, ces objets continuèrent à me hanter longtemps après que je m'en fus débarrassée. Le moindre bruit de pas, le moindre craquement, le moindre souffle de vent me faisaient sursauter et je braquais les yeux sur la porte. Entre ces moments de stress insoutenable, je ruminais tellement de pensées, de souvenirs humiliants, d'espoirs et de regrets que j'étais incapable de fermer l'œil.

Le chapitre des regrets était de loin le plus fourni.

Je regrettais d'avoir échangé des mails avec Dash au début de l'année.

Je regrettais d'avoir bu tous ces verres d'alcool à l'Héritage, et d'être montée sur le toit.

Si seulement Josh ne nous avait pas trouvés...

Si seulement j'avais avoué la vérité à Noëlle dès le départ.

Si seulement j'avais vu Ivy filmer cette maudite vidéo ! Je l'aurais giflée et le chapitre aurait été clos.

J'enfonçai le visage dans mon oreiller et grognai. Au même instant, le rire d'Ivy, clair comme du cristal, résonna dans ma chambre. Je repoussai l'oreiller. Le problème, ce n'était pas seulement que les murs de Pemberly étaient fins comme du papier. C'était aussi qu'une bouche d'aération placée sous mon lit laissait passer l'intégralité des conversations entre Ivy et sa camarade de chambre, Jillian Crane. Du moins, lorsqu'elles parlaient à haute voix. Je jetai un coup d'œil au réveil sur mon bureau. Il était minuit passé. Pourquoi Ivy riait-elle à une heure pareille ?

Son rire fut suivi par un gloussement, puis elle prononça quelques mots à voix basse. Je serrai les poings. Je connaissais trop bien cette intonation. Elle s'adressait à un garçon. Elle flirtait. Et pas avec n'importe qui. Avec mon mec ! En ce moment même, Josh était à l'autre bout du fil, en train de lui murmurer des mots doux.

Folle de rage, je repoussai mes couvertures et m'assis dans mon lit. Comme la pièce ne s'était pas réchauffée, j'avais enfilé pour dormir un pantalon de jogging, un sweat à col roulé et de grosses chaussettes.

Je me levai et commençai à arpenter ma chambre en réfléchissant. Il fallait à tout prix que j'élucide cette affaire une bonne fois pour toutes. Plusieurs vies en dépendaient, y compris la mienne.

« OK, Reed. Respire à fond. Réfléchis. Qu'est-ce que tu sais avec certitude ? »

D'abord, à en croire la police, Cheyenne avait été assassinée. Qu'est-ce que cela signifiait, exactement ? Que son mot d'adieu avait été fabriqué. Que ses *deux* mots d'adieu étaient des faux.

Je m'arrêtai net. Tout m'apparaissait soudain avec une incroyable clarté. La nuit de sa mort, Cheyenne ne m'avait pas adressé ce message terrifiant : « Ignore la lettre. C'est toi qui m'as fait ça. Tu as gâché ma vie. » Elle ne m'avait pas accusée de l'avoir poussée au suicide, car elle n'avait absolument pas prévu de mourir. C'est son assassin qui m'avait envoyé ce mail. Pour une raison mystérieuse, il avait voulu que je me sente coupable de la mort de Cheyenne.

Aussitôt, un étrange sentiment de soulagement m'envahit. Pendant des mois, j'avais été rongée de culpabilité. J'avais imaginé que les dernières pensées de Cheyenne m'étaient adressées. Je m'étais convaincue qu'elle était partie en me maudissant. Mais c'était faux. Absolument faux ! Cheyenne ne m'avait pas accusée. Cette pensée me retira un fardeau des épaules.

Mon soulagement fut de courte durée : une peur violente s'empara aussitôt de moi. Ce raisonnement impliquait que mon persécuteur et l'assassin ne faisaient qu'un, non ? Cela semblait logique. L'assassin m'avait envoyé un mail, puis avait semé sur mon chemin un tas d'objets destinés à me rappeler Cheyenne, pour me torturer. Il ne s'était pas contenté de me laisser les pilules et la carte de placement. Il y avait aussi les billes noires de Billings. Le pull rose de Cheyenne, son parfum, etc.

Oui, forcément, mon persécuteur et l'assassin ne faisaient qu'un. La coïncidence était trop frappante.

Je me recouchai et tirai mon édredon sur moi. L'assassin était entré plusieurs fois dans ma chambre à Billings. Il avait fouillé ma penderie, ma commode, mon sac... Il ou elle était également entré dans cette pièce. Aujourd'hui même. Pour me laisser le plus sinistre des messages.

Ivy éclata de nouveau de rire et je me couvris de chair de poule. C'était elle. J'en étais sûre ! Elle avait le mobile et la possibilité de s'introduire ici. Et, comble de l'horreur, je vivais désormais dans la chambre voisine. Et Josh sortait avec elle.

Prise d'une soudaine résolution, j'allai récupérer ma chaise sous la poignée de la porte et m'installai à mon bureau. Pas question de me rendre sans combattre ! Hauer voulait des preuves ? J'allais lui en fournir. Cette sorcière ne l'emporterait pas au paradis.

Je sortis de mon sac un bloc et un stylo, notai le nom d'Ivy en haut de la page et listai toutes les raisons pour lesquelles je la croyais coupable. Son mobile (la crise cardiaque de sa grand-mère), son comportement (sa tentative de nous exclure de l'Héritage) et ses grossières allusions (à la haine qu'elle vouait à Billings et Cheyenne).

J'avais les mains tremblantes et mon écriture devait ressembler à celle d'un *serial killer*, mais je continuai. Ma tâche terminée, je pris une grande inspiration. Si je montrais cette feuille à Hauer, me prendrait-il enfin au sérieux ?

Sans doute pas. Tout le monde savait qu'Ivy sortait avec Josh. L'inspecteur ne verrait dans cette liste qu'une preuve de ma jalousie maladive.

OK, j'étais jalouse. N'empêche...

Comment faire pour le convaincre ? La réponse s'imposa d'elle-même. Pour avoir l'air objective, il me fallait d'autres suspects.

Je me renversai sur le dossier de ma chaise pour réfléchir. Au fond de moi, j'étais convaincue que c'était une perte de temps. Mais, en cherchant bien, je pouvais trouver plusieurs autres personnes susceptibles d'avoir tué Cheyenne. J'en dressai la liste à contrecœur, en inscrivant leur mobile à côté de leur nom.

Le premier était Trey Prescott. C'était un mec génial, adorable, et je ne le voyais pas faire de mal à une mouche. Cela dit, il était super remonté contre Cheyenne au début de l'année. Pourquoi avaient-ils rompu pendant l'été ? C'était peut-être une question à creuser.

Je devais aussi prendre en considération les autres filles Billings. On dit souvent que les proches de la victime sont les premiers suspects. Les sentiments qui peuvent conduire à assassiner quelqu'un, tels que la jalousie, la passion, la colère, sont exacerbés entre proches. Voyez Ariana et Thomas : elle était amoureuse de lui. Enfin, même en cherchant bien, j'avais du mal à trouver des filles qui aient eu un mobile pour tuer Cheyenne. Elle était tyrannique, c'est vrai, mais la plupart de mes camarades y trouvaient leur compte, d'une certaine façon. Les seules qui auraient pu vraiment lui en vouloir étaient les trois filles qu'elle avait voulu exclure.

Sabine, Constance et Lorna.

Je mis immédiatement Sabine et Constance hors de cause. Mes meilleures amies étaient toutes les deux douces et honnêtes, totalement dénuées de fourberie. Quant à Lorna, elle était bien trop froussarde pour assassiner quelqu'un, et encore plus pour me persécuter. À moins qu'elle n'ait reçu l'aide de Missy ? Celle-ci avait davantage de cran et elle me détestait. Elle aurait pu prêter main-forte à Lorna pour tuer Cheyenne, puis décider de servir ses propres intérêts en me harcelant. C'était un peu tiré par les cheveux, mais j'ajoutai tout de même les noms de Missy et de Lorna à ma liste, suivis de points d'interrogation.

Après mûre réflexion, j'y ajoutai aussi

Astrid. J'avais eu du mal à m'y résoudre, mais cette fille était une énigme pour moi. Personne ne savait pourquoi elle avait été renvoyée de la Barton School l'an passé. Elle m'avait affirmé qu'on l'avait surprise en train de fumer, mais renvoie-t-on vraiment quelqu'un pour cela ? N'avait-elle pas commis un acte plus grave ? En plus, elle connaissait Cheyenne depuis toujours. Il y avait peut-être quelque chose, dans leur passé commun, qui avait mis Astrid hors d'elle. Au début de l'année, elles étaient comme chien et chat. Sur le moment, j'avais cru que Cheyenne reprochait à Astrid de ne pas s'être rangée dans son camp lorsqu'elle avait voulu exclure Constance, Sabine et Lorna de Billings. Mais qui sait ? C'était peut-être plus sérieux. Je griffonnai deux autres points d'interrogation à côté du nom d'Astrid. J'aurais détesté que ce soit elle la coupable.

Je relus ma liste et soupirai. Passer à l'action m'avait calmée. Demain matin, lorsque tout le monde serait à la cafétéria, je fouillerais la chambre d'Ivy pour y trouver des preuves concrètes. C'était risqué, mais le jeu en valait la chandelle. Si je parvenais à prouver qu'Ivy était l'assassin et qu'elle me persécutait depuis des mois, je pourrais enfin recommencer à dormir la nuit. Après quoi, j'essaierais d'obtenir le pardon de Noëlle. Je tenterais de réintégrer Billings, et peut-être même de reconquérir Josh. Tout un programme...

INCURSION

— Merci encore d'avoir réparé mon ordinateur hier soir ! disait Jillian à Ivy lorsqu'elles sortirent de leur chambre, le lundi matin.

Je les écoutais en retenant mon souffle, l'oreille collée contre la porte.

— J'ai cru qu'il était mort et j'avais complètement oublié d'enregistrer mon devoir d'histoire.

— De rien, répondit Ivy. Mais combien de fois je t'ai dit de toujours tout sauvegarder ?

Elles étaient dans le couloir à présent. Juste devant ma chambre.

— Je sais, je sais, Bill Gates ! dit Jillian en riant. Je te promets de ne plus jamais douter de tes talents de hacker.

— Hacker ? Je préférerais « diva de l'informatique », plaisanta Ivy.

Je fermai les yeux le temps de digérer l'information. Soudain, tout devenait limpide. Ivy était un crack en informatique. Pour elle, ç'avait dû être un jeu d'enfant de pirater la messagerie de Cheyenne afin de m'envoyer en boucle son prétendu mot d'adieu. Elle avait contourné sans problème mes tentatives de bloquer les messages, et s'était procuré mes nouvelles adresses mail lorsque j'en avais changé. Plus j'en apprenais sur cette fille, plus j'étais convaincue de sa culpabilité. Je me promis de consigner cette information sur ma liste de suspects.

L'ascenseur émit un *ding* en arrivant à l'étage. Peu après, les rires des deux filles se turent. Je sortis prudemment de ma chambre. Le couloir était désert à cette heure avancée. Je pris mon courage à deux mains, priant pour que Jillian et Ivy ne reviennent pas chercher un livre oublié, et je tournai la poignée de la porte voisine. Combien de fois avais-je maudit l'administration, qui refusait d'équiper nos portes de serrures ? Aujourd'hui, je me félicitais de cette décision.

La chambre que partageaient Ivy et Jillian faisait à peu près deux fois la taille de la mienne. Elles l'avaient égayée en drapant des écharpes colorées au plafond pour camoufler le stuc délabré et en tapissant les murs d'affiches et de photos, de sorte que la peinture grisâtre était complètement dissimulée. Les lits, poussés contre des murs opposés, disparaissaient sous des coussins. Les bureaux étaient disposés dos à dos devant la fenêtre. Ainsi, les filles pouvaient regarder dehors lorsqu'elles travaillaient, mais elles ne se voyaient pas et ne risquaient pas de se distraire. Bonne idée. Il faudrait que je m'en inspire si jamais j'avais de nouveau une camarade de chambre un jour.

« Allez, Reed. Tu n'es pas venue chercher des idées de déco. Tu es à la chasse aux preuves. »

Je promenai mon regard alentour et identifiai le côté d'Ivy grâce à une photo encadrée d'elle et Josh, prise dans la cour carrée. Ils étaient enlacés et souriaient de toutes leurs dents.

« Respire, Reed ! Respire. »

Je résistai à une envie terrible de décrocher le cadre pour le briser sous mon talon. Pour me changer les idées, je passai rapidement en revue une petite pile de papiers posés près de l'ordinateur. Des brochures de différentes facs et les copies des lettres de candidature qu'Ivy leur avait adressées : Harvard, Dartmouth, Tufts, Wesleyan, Boston College... Visiblement, elle ne souhaitait pas trop s'éloigner de chez elle. J'ouvris le premier tiroir de son bureau. Il contenait des fournitures scolaires : stylos et crayons, blocs-notes, cartouches d'encre pour imprimante... Celui du dessous était plein de vieux cahiers, que je feuilletai rapidement sans rien y trouver intéressant, hormis les prénoms d'Ivy et de Gage dans deux cœurs enlacés. Pouah !

Pourquoi ces deux-là n'étaient-ils pas restés ensemble ? Ces pervers étaient faits l'un pour l'autre.

Le tiroir du bas était rempli de friandises et de produits d'hygiène intime. Le mélange avait beau être surprenant, je soupçonnais qu'il n'intéresserait guère l'inspecteur Hauer.

Je me redressai et regardai de nouveau autour de moi. Il ne me restait plus qu'à explorer la penderie et la commode, et j'étais de plus en plus tendue. Il y avait forcément quelque chose quelque part...

Soudain, mes yeux tombèrent sur une photo punaisée au-dessus du lit d'Ivy et mon sang se figea. C'était un cliché en couleurs, de 15 cm par 20 environ, sur lequel on voyait quatre filles poser bras dessus, bras dessous. Il n'avait rien d'exceptionnel, hormis l'identité des personnes photographiées. Ivy posait à une extrémité, à côté de Cheyenne, Noëlle et Ariana.

Une meurtrière, une victime, une amie et une meurtrière.

Voir le visage souriant d'Ariana me glaça. Je me détournai. Cette fille avait essayé de me tuer. Elle avait assassiné Thomas Pearson. Quelle idée d'afficher sa photo dans sa chambre ! C'était d'autant plus surprenant de la part d'Ivy, qui m'avait avoué haïr Ariana et Noëlle plus que n'importe qui au monde.

Je m'armai de courage et étudiai la photo à la recherche d'indices. À en juger par les vêtements des filles et par l'arbre en fleurs dans leur dos, le cliché avait été pris au printemps. Mais quand ? À quelle occasion ? Pourquoi ces quatre filles, et seulement elles ?

J'allais détacher la photo du mur pour la regarder de plus près, quand une porte claqua au fond du couloir. Je sursautai violemment, fis volte-face et m'éloignai du lit sur des jambes tremblantes. Il fallait à tout prix que je sorte de là. Je reprendrais mes recherches une autre fois.

Avant de partir, je coulai un dernier regard vers la photo. Quel plaisir tordu Ivy prenait-elle à s'endormir chaque soir en contemplant les visages des personnes qui l'avaient trahie ?

Décidément, cette fille n'était pas nette. Et moi, j'étais plus résolue que jamais à percer ses secrets malsains.

Toucher le fond

Je fis l'impasse sur le petit déjeuner, préférant prendre le temps de me calmer les nerfs, d'étoffer ma liste de preuves contre Ivy et d'envoyer à Noëlle un énième e-mail d'excuses. Je n'avais plus qu'à espérer qu'elle lirait ce message dans un moment d'indulgence, et que mes mots feraient fondre peu à peu le mur de glace qu'elle avait dressé entre nous.

Je quittai le dortoir juste à temps pour assister au service du matin et me faufilai parmi la foule qui se pressait devant la chapelle. L'atmosphère était tendue ; les élèves semblaient sur le qui-vive. La nouvelle avait dû circuler pendant le petit déjeuner qu'un nouveau meurtre avait été commis à Easton. Et, même si certains l'ignoraient encore, les deux policiers en uniforme postés à l'entrée de l'édifice contribuaient à rendre l'ambiance pesante. Je saisis au vol des bribes de conversation :

— Les flics ont installé une permanence dans l'ancien bureau du doyen Marcus.

— Est-ce qu'ils vont interroger tout le monde ? Je ne connaissais même pas cette fille.

— De toute façon, on sait tous qui est la coupable...

Je tournai brusquement la tête sans réussir à voir qui avait parlé. Le remous de la foule m'obligea à progresser dans l'allée centrale. Je m'arrêtai à la hauteur de mon banc habituel, avant de réaliser que c'était celui de Billings. Je rebroussai chemin tant bien que mal et m'installai deux rangs derrière, la tête haute. Constance se glissa sur le banc devant le mien.

— Salut, Reed, chuchota-t-elle. Tu as bien dormi ?

Son intonation enjouée sonnait faux.

— Très bien, mentis-je. Mais la chambre est glaciale et déprimante.

Ma nuque me picota. J'étais sûre que Noëlle nous observait à quelques rangées de là et qu'elle n'apprécierait pas de voir Constance pactiser avec l'ennemi.

— Tu m'as manqué ! annonça Sabine en

nous rejoignant. C'était trop glauque de dormir seule.

Une grosse boule de chagrin se logea dans ma gorge et faillit m'étouffer. Sur ces entrefaites, Missy, Lorna, Astrid et Kiki prirent place à côté de Sabine. Missy me décocha un regard assassin.

— Vous devriez faire gaffe, les filles, lança-t-elle à mes amies. Noëlle va vous dévorer toutes crues si vous lui parlez.

Mon cœur se serra.

— Je me fiche de ce que pense Noëlle, déclara Sabine d'un ton plein de défi.

— Non, Sabine, c'est vrai, intervins-je.

Donner raison à Missy me faisait mal au ventre, mais je continuai :

— Ce n'est pas le moment de la provoquer. Je vais bien. Regardez devant vous.

Constance et Sabine me tournèrent le dos à regret et je me renversai contre le dossier du banc. Plusieurs filles de première prirent place à ma droite, après m'avoir lancé des regards interrogateurs. « Que fait cette intruse parmi nous ? » Preuve que la nouvelle de mon expulsion de Billings n'avait pas encore fait le tour du bahut. Ou alors elles se remémoraient la vidéo sordide qu'elles avaient reçue sur leur téléphone portable le soir de la collecte de fonds... Depuis ce jour maudit, j'étais devenue une bête curieuse.

— Bonjour, mesdames, mesdemoiselles et messieurs, élèves et enseignants de l'Académie d'Easton ! tonna Cromwell en prenant place derrière le podium.

— Bonjour, monsieur le directeur ! lui répondit-on en chœur, comme le voulait la tradition.

Cromwell hocha la tête et passa directement aux nouvelles. Ce matin-là, il portait un costume gris et une cravate bleue, ornée de son éternel drapeau américain. Comme d'habitude, ses cheveux blancs étaient impeccablement coiffés et sa voix de stentor faisait trembler les vitraux de la chapelle. Pourtant, il me parut différent. Il y avait quelque chose de presque joyeux dans son intonation, dans son port de tête. Comme si notre rabat-joie de service était d'humeur radieuse.

Comment était-ce possible, alors que nous avions un nouveau meurtre sur les bras ? Alors que les policiers d'Easton avaient réquisitionné un bureau à Hell Hall pour y interroger les élèves ?

— L'annonce que je vais faire contribuera, je l'espère, à détendre l'atmosphère sur ce campus, prévint-il.

Une étincelle fit pétiller ses yeux bleus, d'ordinaire inexpressifs.

— Cette année, j'ai décidé de renouer avec une ancienne tradition de l'académie d'Easton : le dîner de Noël.

Aussitôt, la chapelle s'emplit d'un bourdonnement joyeux. À croire que tout le monde avait entendu parler de ce dîner. Tout le monde, sauf moi.

— Pour ceux qui viennent d'intégrer notre communauté, je tiens à préciser que le dîner de Noël est un repas festif organisé à la cafétéria, qui sera décorée pour l'occasion. La chorale du lycée nous régalera d'un concert. Tous les élèves et tous les professeurs y sont conviés. C'est l'occasion pour tous de se détendre avant les examens. De mon temps, ce dîner était l'événement de la saison. J'espère qu'il le redeviendra.

Le bourdonnement s'accentua. Mes voisines bavardaient avec animation, racontant que leurs mères et grand-mères leur avaient parlé de ce dîner fabuleux. Je trouvai curieux que la perspective d'un repas à la cafétéria les mette dans un état pareil.

— Le dîner aura lieu vendredi, reprit le directeur. Une tenue correcte sera exigée. Vous recevrez bientôt une carte dans votre boîte aux lettres. Sur celle-ci, vous trouverez le nom d'un de vos camarades, à qui vous devrez offrir un cadeau. Les présents, emballés, seront placés sous le sapin de Noël.

— Des cadeaux ! Génial ! applaudit Lorna. Pourvu que je tombe sur quelqu'un de généreux...

Les conversations avaient atteint un niveau assourdissant. Cromwell leva les mains pour réclamer le silence, qui se fit instantanément. Nous avions pris l'habitude de lui obéir au doigt et à l'œil.

— Le dîner de Noël s'accompagne d'une dernière tradition – ma préférée –, qui consiste à vanter les mérites d'un ou d'une camarade. Pendant une heure, tous ceux qui le souhaitent pourront porter un toast à un membre de la communauté d'Easton, afin de célébrer un service rendu à l'école, une réussite scolaire exceptionnelle ou une amitié indéfectible. C'est un honneur d'être distingué à cette occasion. Si vous prévoyez de prendre la parole, je vous demanderai de préparer votre discours à l'avance. Il devra être éloquent et sincère. Les contrevenants seront sévèrement sanctionnés. Je n'ai rien à ajouter. Vous pouvez disposer.

— Cromwell a le chic pour conclure sur une note désagréable, observa Lorna à mi-voix.

Pourtant, autour de moi, les conversations avaient repris et les sourires fleurissaient. Pour une fois, Cromwell avait marqué un point. Ce dîner était exactement ce qu'il nous fallait. Un événement agréable, que l'on attendrait impatiemment. Un truc qui pourrait nous distraire de l'enquête sur le meurtre de Cheyenne.

Aussitôt libérée, je bondis sur mes pieds et quittai la chapelle comme si j'avais le diable aux trousses. Le soleil se réverbérait sur la neige de la cour carrée. Aveuglée, je fermai les yeux et marchai sans le vouloir sur les pieds de quelqu'un. Avant que j'aie eu le temps de m'excuser, Amberly Carmichael, élève de troisième et héritière de l'empire Coffee Carma, m'apostropha :

— Tu ne peux pas faire attention ? Je ne veux pas être ta prochaine victime.

Elle tira rageusement un bonnet de laine blanc sur ses cheveux bouclés. Les deux filles qui la suivaient toujours comme son ombre éclatèrent de rire ; elles glissèrent chacune un bras sous les siens et l'entraînèrent. Je restai plantée sur place, sidérée. Depuis quand Amberly se permettait-elle de me parler sur ce ton ? Depuis quand une élève de troisième se permettait-elle de s'adresser ainsi à une élève plus âgée ? Et pourquoi « prochaine victime » ?

Je scrutai la foule qui continuait à se déverser par les portes de la chapelle. Plusieurs personnes qui m'épiaient se détournèrent et des filles de seconde adossées au mur de la chapelle me toisèrent en ricanant. J'aperçus l'inspecteur Hauer en compagnie d'un policier en uniforme. Ils venaient vers moi.

« Oh, non... Pitié. Pas ici. »

Les deux hommes me dépassèrent sans s'arrêter. J'allais pousser un soupir de soulagement quand j'entendis les murmures :

— C'est elle.

— Elle est coupable, j'en suis sûr.

— ... Capable de tout.

— Cette garce psychopathe...

Mon cœur s'affola. Depuis quelque temps, j'étais habituée à essuyer des remarques désobligeantes. Mais le niveau des insultes était monté d'un cran. Celles-ci étaient carrément venimeuses. Que se passait-il ?

À cet instant précis, Gage Coolidge sortit de la chapelle et passa devant moi. J'attrapai la manche de sa veste en cuir.

Gage s'arrêta et contempla ma main avec dégoût. Il récupéra son bras et épousseta sa veste comme si je l'avais souillée :

— Hé, doucement, Brennan !

Sa peau était rougie par le froid et il lançait

des regards inquiets à la ronde, comme s'il craignait d'être vu en ma compagnie.

— Ne t'inquiète pas. J'en ai pour une seconde, le rassurai-je.

S'il y avait quelqu'un à Easton qui ne pouvait pas se permettre de juger les frasques sexuelles des autres, c'était bien Gage. En plus, ce mec était d'une franchise brutale. C'était la seule chose que j'appréciais chez lui... Ou que je détestais, selon la situation.

— Tu peux me dire ce qui se passe ? Les gens me regardent comme si j'allais faire sauter le bahut.

— Très drôle ! apprécia Gage. Je ne sais pas comment tu fais pour avoir encore de l'humour dans un moment pareil, Brennan. On élève les enfants à la dure chez les bouseux.

Je lui repris le bras et l'entraînai derrière le coin du bâtiment, à l'abri des regards :

— Qu'est-ce qu'on raconte encore sur moi ?

Gage pouffa et renversa la tête en arrière :

— Demande-moi plutôt ce qu'on ne raconte pas. D'après la rumeur, c'est toi que les flics ont interrogée avant les vacances. Ce qui fait de toi le suspect numéro un du meurtre de Cheyenne.

— Quoi ?

— Tu joues bien la surprise, ma belle ! J'aime les bonnes actrices, commenta Gage, moqueur.

— Je ne joue pas, imbécile ! C'est vrai : Hauer m'a interrogée, mais à l'époque les flics n'étaient pas convaincus que Cheyenne ait été assassinée. Et je ne fais même pas partie des suspects.

— Ce n'est pas ce qu'on dit. Les gens racontent que tu as tué Cheyenne pour que Noëlle puisse revenir à Billings, rapporta Gage en ébouriffant ses cheveux.

— Quoi ? Encore cette histoire ?

Je laissai tomber mes mains, qui claquèrent sur mes cuisses :

— Noëlle a pourtant démenti cette rumeur avant les vacances.

— Ouais, mais le ragot a refait surface. Sauf que plus personne ne soupçonne Noëlle.

Gage coinça ses mains nues sous ses aisselles pour les réchauffer :

— L'idée, c'est que tu ne supportais pas l'absence de Noëlle, parce que tu la vénères. Alors, tu as obligé Cheyenne à prendre des cachets et tu as écrit une fausse lettre d'adieu. Puis ça ne t'a pas suffi d'avoir Noëlle près de toi : tu voulais *être* Noëlle. C'est pour ça que tu as couché avec son mec.

Mon cerveau refusait de traiter cette information. Comme si ce n'était pas assez pénible d'être considérée comme une garce et une traîtresse, il fallait en plus que je passe pour une criminelle. Le sort s'acharnait contre moi.

— On ne t'a pas donné assez d'amour à Pétaouchnock ? me demanda Gage, faussement compatissant. C'est pour ça que tu fais toutes ces vilaines choses, Brennan ?

— Je n'ai absolument rien fait ! grondai-je entre mes dents. Cheyenne allait partir, de toute manière. Elle s'était fait renvoyer.

— Ouais, c'est ça. Continue à t'en persuader, dit Gage. Et tu sais, si personne ne t'aime, tu peux toujours t'aimer toute seule, minauda-t-il en croisant les bras en X sur sa poitrine.

Après quoi, content de lui, il éclata de rire et s'éloigna de son pas nonchalant.

Je restai immobile un long moment, complètement sonnée. Seule Noëlle savait que Hauer m'avait interrogée avant les vacances. Pourquoi avait-elle divulgué cette information ? Pourquoi avait-elle fait courir cette rumeur abominable ? N'avais-je pas assez souffert à ses yeux ?

Était-ce une façon de m'envoyer un message ? De me dire que j'avais définitivement perdu son amitié ? On ne fait pas ce genre de chose à quelqu'un quand on prévoit de lui pardonner. On fait cela à son ennemi juré.

Mes yeux s'emplirent de larmes brûlantes. Noëlle me haïssait.

Des filles de Pemberly qui passaient par là me virent prostrée au milieu du chemin, comme si je venais de recevoir une condamnation à mort. Elles se blottirent les unes contre les autres et pressèrent le pas. Dans leur précipitation, elles faillirent renverser Josh Hollis et Ivy Slade. Mon petit ami et ma persécutrice. Mon mec et l'assassin.

À la vue de Josh, je sentis mon corps s'engourdir. Ses boucles blond foncé dansaient dans le vent et ses yeux bleus étaient pleins de tristesse. Comme s'il avait envie de me parler et regrettait de ne pouvoir le faire. Ivy l'avait-elle senti ? Elle glissa un bras sous le sien et l'entraîna résolument vers Hell Hall.

Voilà. J'avais touché le fond. Je remontai la bandoulière de mon sac sur mon épaule et pris le chemin de ma salle de cours. Seule.

Redresser la tête

Je survécus à cette première journée en me concentrant sur ce que disaient mes profs quand j'étais en cours, et en gardant le casque de mon iPhone dans les oreilles le reste du temps. Au déjeuner, je pris un sandwich que j'allai manger seule dehors, dans l'air glacial. Je fis carrément l'impasse sur le dîner. J'interprétais à merveille mon nouveau rôle : celui de paria du campus.

Après une nouvelle nuit blanche, je compris que je ne pouvais pas continuer à vivre ainsi. D'abord, j'adore le petit déjeuner. C'est quasiment une de mes raisons de vivre. Et puis, je ne voulais pas prouver à ces imbéciles qu'ils avaient raison en déambulant comme un zombie sur le campus. Rien que cette idée me révoltait. À partir de maintenant, j'allais redresser la tête. Les gens pouvaient dire et penser ce qui leur chantait, cela ne me ferait ni chaud ni froid.

En plus, je préférais avoir Ivy à l'œil. J'étais convaincue qu'elle commettrait une erreur tôt ou tard. Avec un peu de chance, je serais là pour voir ça.

Pourtant, lorsque je quittai la queue du self le jeudi matin, mon plan me parut bien ambitieux. Je regardai machinalement vers les tables de Billings et mon sentiment de manque fut si vif que je faillis m'écrouler en tas informe sur le carrelage. Mes anciennes amies bavardaient en riant, feuilletaient des brochures d'agences de voyages et relisaient leurs notes avant les cours. Allez savoir pourquoi, je les trouvais plus belles, plus captivantes que jamais. Exactement comme Josh, qui s'était comme par miracle réveillé plus sexy le lendemain de notre rupture. Je m'obligeai à regarder les autres tables, à chercher une nouvelle place où m'asseoir. Mais seuls des visages méfiants, soupçonneux, se tournèrent vers moi.

Qu'est-ce que j'avais imaginé ? C'était perdu d'avance. Je n'avais nulle part où aller.

— Salut, Reed !

La surprise me fit sursauter. Je pivotai et aperçus Diana Waters, la camarade de chambre de Kiki à Bradwell l'an dernier. Elle était accompagnée de deux amies de Pemberly : Sonal Shah et Shane Freundel, des filles que je connaissais un peu pour les avoir croisées en cours. J'avais remarqué que Diana passait du temps avec elles depuis que Kiki était à Billings.

— Salut, Diana.

Je saluai également ses amies, qui me regardèrent bouche bée. Elles semblaient surprises de voir que j'étais douée de parole.

— Tu peux t'asseoir avec nous, si tu veux, me proposa Diana.

Un sourire éclaira son joli visage sans maquillage.

J'étais tellement soulagée que je l'aurais embrassée. En même temps, je mesurai la profondeur de ma déchéance. Deux semaines plus tôt, j'étais quasiment la reine de ce bahut. Les mecs les plus en vue et les filles de l'élite d'Easton me mangeaient dans la main. Aujourd'hui, trois filles insignifiantes de Pemberly, en jeans, sweats à capuche et baskets, m'invitaient par pitié à leur table. Noëlle devait se délecter de ce spectacle.

Enfin, c'était toujours mieux que de manger seule.

— Merci, répondis-je.

Je les suivis jusqu'à leur table à la périphérie de la salle en m'appliquant à garder le menton bien haut. Je me défendis de vérifier si Noëlle et les autres me regardaient, mais j'étais aussi mal à l'aise que si un projecteur de théâtre avait été braqué sur moi. Quand je posai enfin le derrière sur une chaise, je me sentais lessivée.

— C'est sympa, ici, dis-je avec un sourire forcé. Très intime.

Diana et ses amies eurent des rictus embarrassés, mais ne pipèrent pas. Quoi, encore ?

Décidant de me comporter comme si de rien n'était, je secouai ma bouteille de jus de pomme et fis sauter le bouchon. Tout en buvant, je m'aperçus que les trois filles communiquaient en silence. Elles échangeaient des regards entendus et se donnaient des coups d'épaule.

— Quoi ? demandai-je en posant la bouteille sur mon plateau.

— Tu n'as pas vraiment tué Cheyenne Martin, n'est-ce pas ? me lança Sonal avec son léger accent indien.

C'était une fille robuste à la peau mate et aux cheveux bruns bouclés. Ses yeux étaient noirs derrière ses lunettes.

— Sonal ! s'écria Diana.

Elle piqua un fard et m'adressa un regard d'excuse :

— Bien sûr que Reed n'est pas coupable !

— Non, bien sûr ! confirmai-je tranquillement.

Cette déclaration sembla apaiser Sonal et Shane. Leurs épaules se détendirent.

— Alors, c'est comment, la vie à Billings ? demanda Shane en croquant dans une pomme.

Shane était une grande brune aux yeux noisette et à l'allure sportive. Sa question me vrilla le cœur.

— C'est... euh...

— C'est vrai que vous avez chacune une femme de ménage ? demanda Sonal en se renversant sur son dossier.

— Bien sûr que non ! D'où tu sors cette...

— Mais vous recevez une allocation mensuelle de la part des anciennes élèves ? insista Shane. Ça, tout le monde le sait.

— Euh, pas exactement. On n'a pas...

— Vous faites bien des fêtes au champagne le vendredi soir ? voulut savoir Sonal. Des fêtes où vous invitez les mecs ?

— Ouais, ça, c'est vrai, admis-je. Sauf pour les mecs...

Je coulai un regard vers les tables de Billings et manquai de m'étrangler. Noëlle, qui trônait toujours en bout de table, croulait sous les cadeaux. Portia et les villes jumelles farfouillaient dans un grand panier rempli de produits capillaires des marques Fekkai et

Bliss Spa, tandis qu'un flot continu de filles de première et de terminale passait devant la table. Elles adressaient quelques mots à Noëlle avant de lui remettre un présent et de passer leur chemin.

— C'est quoi, ce délire ? murmurai-je.

— Quoi ? demanda Diana en suivant mon regard.

— Ce n'est pas un peu tôt pour les cadeaux de Noël ?

— Ce ne sont pas des cadeaux de Noël, dit Sonal en salant ses œufs brouillés.

— Tu n'es pas au courant ? me demanda Diana, embarrassée.

Une sensation désagréable m'envahit. Celle que j'éprouve généralement quand je découvre que j'ignore une chose que tout le monde sait.

— Au courant de quoi ?

— Les gens ne parlent que de ça depuis hier matin, précisa Diana en mordant dans son bagel. Les filles Billings cherchent quelqu'un pour...

Elle s'interrompit au milieu de sa phrase et me regarda d'un air penaud. Mais elle en avait dit assez.

— Quelqu'un pour me remplacer, terminai-je, consternée.

Je repoussai lentement mon plateau. Je n'avais plus faim.

— C'est vraiment dégueulasse qu'elles t'aient chassée, dit Sonal d'une voix tranquille. Tu étais la présidente, quand même !

— Ouais...

Une grosse boule était coincée dans mon œsophage. Pourtant, je n'avais encore rien mangé.

— Et donc... Pourquoi vous ne défilez pas avec les autres pour essayer d'acheter votre invitation ? demandai-je, espérant détendre l'atmosphère. Vous n'avez pas envie d'entrer à Billings ?

— Pas vraiment, avoua Diana en se frottant le nez.

Je la dévisageai avec curiosité. À part Ivy, je n'avais jamais entendu une fille d'Easton affirmer qu'elle ne voulait pas vivre à Billings.

— Pourquoi ?

Diana regarda ses amies et haussa les épaules :

— On se trouve bien là où on est. Ça peut vous paraître plan-plan, et tout, mais au moins on n'a pas toutes ces histoires à gérer.

— On a d'autres priorités, ajouta Shane. Je veux dire : d'autres priorités que le shopping.

OK. Message reçu. Dommage pour Shane : elle était assez peste pour avoir sa place à Billings.

— Enfin, ça ne nous empêche pas d'être curieuses, ajouta Sonal en s'essuyant les doigts sur sa serviette. Alors, dis-nous. Si tu n'as pas tué Cheyenne, qui est le coupable, à ton avis ?

— Sonal ! la rabroua de nouveau Diana.

Mon endurance avait des limites. Je repoussai ma chaise et annonçai :

— Je dois y aller.

— Reed, je suis désolée ! intervint Diana. Tu n'es pas obligée de...

— Non. Ça va. Ne t'inquiète pas. À tout à l'heure en cours.

Je récupérai mon manteau et mon sac et m'éloignai, pressée de me retrouver à l'air frais. En fonçant vers la porte, je percutai Amberly Carmichael pour la deuxième fois en deux jours. Exceptionnellement, elle n'était pas accompagnée de ses acolytes. Ses boucles blondes étaient plaquées sous un bandeau de velours et elle portait une jupe longue en tweed avec des bottes en cuir noir. Elle était encombrée d'un énorme carton Tiffany, qu'elle faillit lâcher dans la collision.

— Attention ! fit-elle sèchement. Si tu casses, tu payes !

— Désolée, mentis-je.

Elle soupira, roula ses grands yeux bleus et posa le carton sur la table inoccupée près de nous.

— En fait, ça tombe bien, je voulais te

voir ! claironna-t-elle en retirant ses gants de cuir doigt après doigt. Je veux récupérer ma Carma Card.

La moitié de la cafétéria fit silence et dressa l'oreille. Je passai par toutes les teintes de rouge. Du coin de l'œil, je vis Portia et Shelby tendre le cou. Noëlle nous observait, amusée. Amberly leur destinait ce spectacle, c'était manifeste. Cette petite cruche, qui me faisait des courbettes depuis le début de l'année, qui aurait sauté d'un pont si je le lui avais demandé une semaine plus tôt, me parlait à présent comme à son petit personnel. Quelle humiliation !

Mais ça pourrait être encore pire... si je lui rendais le misérable morceau de plastique qu'elle me réclamait.

— C'est ça. Tu peux toujours rêver, dis-je, adoptant le ton supérieur des filles Billings.

Je voulus la contourner, mais elle me barra le passage.

— Il n'est pas question que tu la gardes, dit-elle avec un petit rire condescendant. C'est moi qui te l'ai donnée. J'ai le droit de te la reprendre.

Les mecs assis aux tables voisines guettaient ma réaction, un sourire aux lèvres. Ils prévoyaient sans doute une répartie cinglante.

À juste titre. N'importe quelle élève de première, même affaiblie, enverrait balader une gamine de troisième osant la défier. En fait, la plupart des spectateurs semblaient impatients. Pourtant, j'étais à deux doigts de m'effondrer. Puis je vis Josh et Ivy entrer dans la salle, main dans la main. Ils s'arrêtèrent en remarquant le projecteur invisible braqué sur mon front. Il ne m'en fallut pas davantage pour retrouver ma combativité. Pas question que ces deux-là me voient flancher. Après tout, j'avais bien refusé de rendre le CD Billings à Noëlle. J'étais capable de résister à cette mauviette d'Amberly.

— Alors, Amberly, on a oublié les bonnes manières ? Tes parents ne t'ont pas appris que c'est grossier de reprendre un cadeau ?

Elle hésita. Mon petit commentaire avait fait mouche.

— D'ailleurs, je veux la garder en souvenir. Ça deviendra peut-être un collector quand Starbucks aura fait couler la boîte de ton père, complétai-je.

Les mecs à la table voisine lâchèrent un « Ooooh ! » faussement scandalisé. Je ne pus m'empêcher de sourire. J'avais gagné. Amberly devint écarlate. Je profitai de son trouble pour remonter mon sac sur mon épaule et lui fausser compagnie. Je courus vers la porte en savourant mon triomphe, bousculant Josh et Ivy au passage. J'étais encore capable de marquer des points. Mon cas n'était pas aussi désespéré que je le pensais.

S.O.

Cet après-midi-là, je m'installai en compagnie de Sabine et Diana sur un banc de la cour carrée pour réviser mes cours d'histoire. Il faisait incroyablement doux pour un jour de décembre ; de la neige fondue dégoulinait des toits et coulait dans les gouttières. Nous n'étions pas les seules à profiter du beau temps : la cour était parsemée de petits groupes d'élèves, probablement tous occupés à colporter des ragots sur mon compte. Ils me lançaient des regards curieux en chuchotant, tête contre tête. Je m'étonnais que Sabine et Diana osent s'afficher en ma compagnie.

— Ça ne vous dérange pas que tout le monde nous observe ? finis-je par leur demander.

Diana leva les yeux de son cahier :

— On nous regarde ? Je n'avais pas remarqué.

— Moi, ça m'est complètement égal, répondit Sabine en haussant les épaules.

Je souris, touchée une fois de plus par son amitié indéfectible. Diana aussi était très sympa. Comme se faisait-il que je ne l'aie pas remarqué plus tôt ? La réponse était évidente : parce que j'avais toujours été trop occupée à faire la cour aux filles Billings.

— Vous pensez que Barber nous a préparé une interro éclair ? Si oui, je parie qu'il va nous interroger sur les statistiques du baby-boom, prédit Diana. Il adore les baby-boomers !

J'allais me concentrer – si, je jure que c'est vrai ! –, lorsque je vis passer Trey Prescott, le camarade de chambre de Josh. Je me demandai aussitôt ce qu'il pensait d'Ivy. Il la connaissait forcément mieux que moi. Les tourtereaux avaient dû passer du temps ensemble dans la chambre des garçons. Trey avait-il entendu Ivy dire des choses bizarres ? L'avait-il vue agir de façon inconsidérée ? Je voulais en avoir le cœur net. Or, pour une fois, Trey était seul. L'occasion était trop belle : il me parlerait plus volontiers en l'absence de témoins.

Je me levai d'un bond et récupérai mon sac.

— Désolée, je dois filer ! annonçai-je à mes amies. Mais oui, Diana, tu as raison.

C'est sûr que Barber va nous interroger sur le baby-boom.

Je les abandonnai à leur stupeur pour courir derrière Trey, que je rattrapai au pied des marches de la bibliothèque :

— Trey !

Il s'arrêta et fit demi-tour. Il portait un gros pull blanc à col roulé qui soulignait sa peau sombre, et il s'était fait couper les cheveux si court qu'il n'avait plus qu'un duvet brun sur le crâne. Trey était considéré à l'unanimité comme le mec le plus sexy, le plus gentil et le plus mature d'Easton. Je ne m'expliquais pas pourquoi Cheyenne l'avait quitté. Curieusement, il ne parut pas surpris de me voir. Mieux : il ne sembla nullement incommodé par ma présence.

— Salut, Reed. Quoi de neuf ? me lança-t-il en me regardant droit dans les yeux.

Il redressa les livres qu'il tenait dans les bras et ajouta à voix basse, plein de sollicitude :

— Comment tu vas ?

— Bien. Enfin, non, pas vraiment, mais...

— J'imagine que tu dois avoir envie de te tirer d'ici, observa-t-il en indiquant les badauds du menton. Quelle bande de losers !

— Alors... Tu ne crois pas la rumeur ? hasardai-je.

Je m'adossai à la balustrade. Trey m'imita.

— Arrête ! pouffa-t-il. Tu n'as pas tué Cheyenne plus que moi.

Je clignai des yeux. Même s'il l'ignorait, son nom figurait sur ma liste de suspects. Je ne le croyais pas vraiment coupable, mais bon...

— Par contre, cette histoire avec Dash...

Il me regarda d'un air de reproche avant de conclure :

— Enfin, parlons d'autre chose.

— Avec plaisir.

Je croisai les bras pour réprimer un frisson. Trey et Josh étaient devenus des amis très proches cette année. Il était effectivement préférable de faire l'impasse sur la question de la vidéo.

— Alors, qu'est-ce que tu voulais ? me demanda-t-il.

— En fait, je me posais une question...

Comment aborder le sujet ? Je risquais de me ridiculiser en interrogeant Trey sur la nouvelle copine de mon ex. Mais je ne le faisais pas par jalousie. Je la soupçonnais d'avoir commis un crime.

Trey plissa le front et me regarda calmement :

— Quelle question ?

« Vas-y, Reed. Lance-toi. »

— Qu'est-ce que tu penses d'Ivy ?

Trey me dévisagea une seconde avant d'éclater de rire. Il plaqua un poing devant sa bouche et se décolla de la balustrade :

— Reed, s'il te plaît ! Ne me dis pas que tu es sérieuse. Je te croyais au-dessus de ça.

— Je ne suis pas jalouse ! me défendis-je, les joues brûlantes. Je n'ai aucune envie de récupérer Josh.

« Menteuse ! »

— C'est vrai ? dit Trey, une lueur de malice dans les yeux. Alors pourquoi cette question ?

Je pris une profonde inspiration et j'attendis que deux mecs de Gleck aient fini de monter les marches pour chuchoter :

— Je crois qu'elle a tué Cheyenne.

Trey retrouva brusquement son sérieux :

— Quoi ?

— Ce n'est qu'une supposition, expliquai-je. J'essaie de réunir des preuves.

Il secoua la tête :

— Non, Reed. C'est impossible ! Ivy et Cheyenne étaient les meilleures amies du monde. Ivy ne lui aurait jamais fait de mal.

— Tu en es sûr ? demandai-je. Même après leur... brouille ?

— Impossible !

Trey était catégorique, mais il en fallait plus

pour ébranler ma conviction. Je trouvai juste cela agaçant.

Il revint s'adosser près de moi :

— Désolé, Nancy Drew. Je pense que tu te trompes. Même si elles ne se voyaient plus vraiment, elles avaient quand même conservé des liens.

Je ne savais plus quoi dire. J'étais tellement sûre que Trey serait d'accord avec moi. Sa réaction me prenait au dépourvu.

Il se mit à fixer les marches et poussa une feuille morte du pied.

— N'empêche, on nage en plein délire, observa-t-il d'une voix calme. C'est dingue, quand on y pense. Je veux dire... c'est peut-être un élève d'Easton qui l'a tuée.

Il cala ses livres sous son bras et me regarda du coin de l'œil :

— Tu le croirais si je te disais que les flics m'ont déjà interrogé cinq fois ?

Je clignai des yeux, étonnée :

— Cinq fois ? Pourquoi ?

— Je suis son ex, me rappela Trey. Les flics adorent ce genre de connerie.

— Exact.

— Heureusement, j'ai un alibi béton. Ils ont fini par me lâcher.

— C'est vrai ?

Je m'efforçai de paraître modérément intéressée. Je préférais passer pour une amie pleine de sollicitude plutôt que pour une enquêtrice soupçonneuse. Cela dit, j'aurais été ravie de rayer Trey de ma liste de suspects.

— Qu'est-ce que c'est ?

Trey inspira profondément et fixa les arbustes près de l'escalier :

— Eh bien, en fait, Josh avait du mal à dormir. Tu sais, après que toi et lui...

J'inspirai une bouffée d'air frais pour tenter de desserrer l'étau qui emprisonnait ma poitrine.

— Ouais, on avait rompu.

— Exact, dit Trey en se frottant la nuque. Du coup, j'essayais au maximum de le distraire. Cette nuit-là, on a joué pendant des heures à « Infinite Warriors » ; on voulait absolument battre les Malaisiens. Des potes passaient régulièrement dans notre chambre pour nous encourager, nous taxer des gâteaux, et tout. En plus, quand tu veux jouer à l'international, tu dois te connecter à un site qui enregistre ton temps de jeu. C'est d'ailleurs comme ça qu'on s'est rendu compte qu'on avait abusé...

Trey se mit à rire et je poussai un soupir de soulagement. Je n'aurais pas supporté de m'être trompée une fois de plus sur le compte d'un ami. L'affaire Ariana m'avait traumatisée.

— Enfin, désolé de te décevoir pour Ivy, mais je la connais depuis la troisième. Je ne la vois vraiment pas tuer quelqu'un.

Ouais. Mais, avec Ariana non plus, personne n'avait rien vu venir... La conviction de Trey ne prouvait rien.

— Bon, Reed... À plus ! me lança-t-il.

— Ouais, à plus...

Trey monta l'escalier de la bibliothèque. Il s'arrêta quelques marches au-dessus de moi et se retourna :

— Il y a juste un truc. Je l'ai dit à la police, alors j'imagine que je peux t'en parler aussi...

— Quoi ? demandai-je, intriguée.

— Je suis à peu près sûr que Cheyenne me trompait au printemps dernier, avoua-t-il en rougissant.

— Avec Dominic Infante ? lâchai-je, avant de me mordre la langue.

Dominic était un mec du lycée avec qui j'étais sortie un soir, à New York. À la fin de la soirée, saoul comme une barrique, il m'avait avoué avoir couché plusieurs fois avec Cheyenne avant sa mort.

Trey secoua la tête en riant :

— Elle n'a commencé à sortir avec lui qu'en septembre. Non, avec quelqu'un d'autre.

Elle recevait sans arrêt des SMS d'un certain S. O. et elle réagissait bizarrement. Un jour je lui ai piqué son téléphone et j'ai lu les textos. Ils m'ont paru totalement anodins. C'est juste son comportement quand elle les recevait. Je ne sais pas. Elle n'était pas normale.

Je lui décochai un sourire moqueur :

— Tu as lu ses textos ?

— Pesonne n'est parfait, se défendit Trey.

Tandis qu'il disparaissait dans la bibliothèque, je cherchai tous les gens que je connaissais, ou dont j'avais pu entendre parler, portant les initiales S.O. Évidemment, je n'en trouvai aucun. Qu'importe ! Au moins, j'avais quelque chose de nouveau à me mettre sous la dent. Peut-être que la réponse à mes problèmes tenait dans ces initiales. S.O.

UN ALLIÉ

Dans l'après-midi, je croisai Jason Darlington au bureau de poste. Il en sortait au moment où je m'apprêtais à entrer. J'ouvris machinalement la bouche pour le saluer : on était ensemble en cours d'anglais et on s'entendait bien. Du moins, avant l'épisode calamiteux de la collecte de fonds. En garçon bien élevé, Jason s'empressa de me tenir la porte, jusqu'à ce qu'il me reconnaisse. Alors, son expression changea brusquement et il lâcha le battant, qui manqua de m'assommer.

Et voilà ! Un de plus...

Ravalant mon chagrin, j'entrai d'un pas décidé dans l'officine. Elle était bondée et il y régnait une ambiance inhabituelle. Les élèves tenaient tous à la main une petite carte bleue qu'ils se passaient à la ronde. Tous étaient venus pour la même raison que moi : découvrir à qui ils devraient faire un cadeau le soir du dîner de Noël.

Je bombai le torse et me préparai mentalement à affronter une nouvelle vague de commentaires ou de regards malveillants. Puis je me dirigeai vers ma boîte aux lettres, provoquant un silence subit sur mon passage. Je repensai à l'ambiance qui régnait sur le campus lorsque nous avions appris la mort de Thomas, l'an dernier. L'atmosphère sinistre, angoissée, paranoïaque. Aujourd'hui, j'éprouvais un sentiment très différent, car mes camarades avaient déjà désigné la coupable. C'était Reed Brennan. L'hostilité qu'ils me témoignaient se renforçait chaque jour, se changeant progressivement en haine. Une haine féroce qui les liguait contre moi. Qui sait s'ils n'allaient pas s'unir bientôt pour faire justice eux-mêmes ?

Cette pensée me donna chaud. Mes joues me brûlèrent. Je m'obligeai à respirer régulièrement. Tôt ou tard, je serais lavée de tout soupçon et ces gens devraient s'excuser. Il fallait juste que je tienne bon jusque-là. Je n'avais pas le choix.

Quelqu'un s'avança devant les boîtes aux lettres et je sentis qu'on me regardait avec insistance, comme pour capter mon attention. Je tournai la tête malgré moi et reconnus Marc

Alberro. Marc m'avait servi de cavalier le soir de la collecte de fonds. Il ne m'avait pas adressé la parole depuis. Il s'approcha lentement de moi, les yeux dissimulés derrière sa frange brune. La nervosité me donna des palpitations. Je ne me souciais pas particulièrement de ce qu'il pensait de moi, mais je ne tenais pas à être humiliée une nouvelle fois en public.

— Salut, Reed ! Comment ça va ? me lança-t-il d'une voix avenante.

Mes épaules se détendirent légèrement.

— Devine..., répliquai-je, ironique.

Je lorgnai vers un groupe de filles qui me surveillaient de loin.

— Et toi ? repris-je. Je croyais que tu me faisais la gueule...

Même si c'était prévisible, j'avais été mortifiée quand Marc m'avait tourné le dos comme les autres. Mais bon, je pouvais aussi le comprendre : tous les gens qu'il connaissait avaient reçu la vidéo de mes ébats avec Dash. Marc était un mec réglo et il était membre du club de chasteté d'Easton. Un garçon comme lui ne pouvait pas être ravi que tout le bahut voie sa copine se prélasser dans les bras d'un autre. Surtout quand l'autre était lui-même le mec d'une autre... En revanche, c'était étonnant qu'il me reparle aujourd'hui, alors que j'étais soupçonnée d'avoir commis un crime odieux. En toute logique, il aurait dû me fuir.

— En fait, j'ai réfléchi, et je me suis dit que les trucs que tu as faits avant notre rencontre ne me regardaient pas, expliqua-t-il tranquillement. Ce que tu as fait depuis non plus, d'ailleurs...

Ses paroles me soulagèrent et m'attristèrent à la fois. Il venait de me signifier clairement qu'il n'avait plus envie de sortir avec moi. Mais à la réflexion, c'était aussi une bonne nouvelle. Avec ce qui se passait en ce moment, j'aurais été incapable de naviguer dans les eaux troubles d'une nouvelle relation. Surtout qu'au départ, j'étais moyennement motivée. Marc était un garçon super : intelligent, mignon, rigolo, et tout... Mais il ne m'avait jamais inspiré cette espèce de fébrilité qu'on ressent quand on est amoureux. Cette impression qu'on va mourir si on ne revoit pas l'objet de sa passion dans les dix minutes. Le truc que je ressentais avec Josh.

— Alors... on est amis ? proposai-je.

Marc sourit et son visage s'illumina. Quoi ? Il ne s'attendait quand même pas à ce que je lui fasse une scène ?

— Ouais. On est amis.

— Cool !

Je souris – mon premier vrai sourire depuis

deux jours – et j'ouvris ma boîte aux lettres. Comme prévu, elle contenait un petite carte bleue. Je la récupérai du bout des doigts et la retournai.

Joshua Hollis, Ketlar, Terminale.

— C'est une plaisanterie, lâchai-je tout haut.

Pourquoi pas Ivy Slade ?

— Quoi ? Sur qui tu es tombée ? demanda Marc en s'approchant.

Je lui tendis la carte. Il la déchiffra et siffla doucement.

— Quelqu'un à Hell Hall a un sens de l'humour tordu, observa-t-il.

Je refermai la boîte et glissai la carte dans la poche de mon jean.

— Je commence à penser que c'est une qualité très répandue à Easton, répliquai-je, sarcastique.

Comme moi, Marc fixa le troupeau de badauds. Je reconnus les deux sbires d'Amberly, qui rougirent et se détournèrent.

— Je vois ce que tu veux dire, murmura-t-il. Viens, on sort de là.

Il me prit par la main et m'entraîna dehors. Je respirai mieux à l'air libre :

— Merci !

— De rien.

Marc secoua la tête :

— Je n'arrive pas à croire qu'ils te soupçonnent d'avoir tué Cheyenne. Ce n'est pas parce que quelqu'un tourne une vidéo porno que ça fait de lui un assassin.

Mon visage vira à l'écarlate :

— Je n'ai pas tourné de vidéo porno ! Quelqu'un nous a filmés à notre insu. Et d'ailleurs ce n'était pas « porno ».

Marc embraya prudemment sur un autre sujet :

— Je parie qu'il existe au moins cinquante suspects plus plausibles que toi. Cheyenne jonglait en permanence avec deux ou trois mecs. L'un d'eux a peut-être fini par craquer. Un crime passionnel serait un mobile plus crédible que de vouloir libérer une place dans un dortoir.

Mes doigts me picotèrent, comme traversés par un courant électrique. Je m'arrêtai net. Sans s'en rendre compte, Marc venait de me faire un aveu.

— Attends ! Comment tu sais qu'elle sortait avec plusieurs mecs à la fois ?

Marc s'immobilisa à son tour. Il mit un temps infini à se retourner vers moi. Je retins mon souffle. Ce n'était pas la première fois que Marc Alberro lâchait une info sur

Cheyenne qu'il n'avait aucune raison de connaître. Quelques semaines plus tôt, il avait fait allusion au fait qu'elle avait drogué Josh pour le séduire.

— C'est un bruit qui court, plaida-t-il.

Il haussa les épaules et me regarda dans les yeux, presque défiant.

— Ouais, comme le bruit court que j'ai assassiné Cheyenne, répliquai-je d'un ton plein de sous-entendus. C'est peut-être une rumeur sans fondement.

— Je la tiens de source sûre, répondit Marc avec un rictus moqueur. Bon, il faut que je file au journal. J'ai plusieurs articles à relire avant le bouclage.

Sur ces mots, il fit demi-tour et s'éloigna sans me laisser le temps de lui dire au revoir. Encore moins de formuler une dernière question.

VISITE

Le mardi soir, assise à mon bureau, j'écoutais un CD de Katy Rose en relisant pour la vingt millième fois le même article de ragots sur Ivy. À chaque fois que je tapais son nom sur Google, je retombais sur les mêmes pages. Des allusions à la philanthropie de ses parents, l'interminable notice nécrologique de sa grand-mère, les trophées qu'Ivy avait remportés à tel ou tel concours hippique, des années plus tôt. Rien qui puisse m'éclairer sur la photo punaisée dans sa chambre. Mais qu'est-ce que j'attendais ? Une vidéo d'Ivy en train d'assassiner Cheyenne ?

Découragée, je fermai mon ordinateur portable et pivotai sur ma chaise pour contempler ma chambre. Que dis-je ? Ma tanière ! Je n'avais même pas pris la peine de défaire mes valises. Ranger mes vêtements dans la vilaine petite penderie et glisser mes bagages sous le vieux lit grinçant m'avait paru la mer à boire. En plus, ç'aurait été une façon d'admettre ma défaite. Au fond de moi, je refusais toujours de croire à ma déchéance.

Je ne sais pourquoi, ce soir-là, la tristesse et le dénuement de ma chambre me semblèrent tout à coup insupportables. Je ne pouvais pas continuer à vivre dans cette cellule aux murs nus et sortir mes vêtements chiffonnés de mes valises juste avant de les enfiler, comme une clocharde. C'était trop déprimant. Un coup à sombrer définitivement.

Je me levai à contrecœur et entrepris de vider ma valise. Sur le dessus se trouvait le pull en cachemire noir que Noëlle m'avait offert à son retour à Easton, à l'automne. Le voir acheva de me démoraliser. Heureusement, quelqu'un frappa à ma porte, m'arrachant à ma contemplation.

— Qui est là ?

— Surprise !

Constance et Sabine poussèrent le battant, les bras chargés de paquets.

— Quel bon vent vous amène ? demandai-je en allant baisser le volume du lecteur de CD.

— Tu nous as dit que ta chambre te fichait le cafard, alors on t'a apporté de quoi l'égayer, annonça Sabine.

Elle entra d'un pas résolu et alla placer un mini-sapin de Noël sur ma commode. Puis elle déroula un tapis rouge vif au centre de la chambre. Il rentrait juste entre l'armoire et le lit.

Constance me tendit un tube en carton :

— Je t'ai choisi des affiches. Je me suis rappelé que tu avais flashé sur les marines de Turner en histoire de l'art, l'an dernier.

— Merci, les filles. C'est trop sympa !

J'en avais les larmes aux yeux. Mes amies n'auraient pas pu mieux tomber.

— Il ne fallait pas ! protestai-je pour la forme.

— Tu veux rire ? Regarde ce taudis ! lâcha Constance.

Consciente de sa gaffe, elle rougit violemment !

— Je veux dire, ce n'est pas si affreux. C'est cosy, en fait, je...

— C'est bon, Constance ! dis-je en jetant le rouleau sur mon lit. Pemberly est un trou à rats.

— Pas du tout, objecta Sabine. D'ailleurs, j'ai demandé à Cromwell à changer de dortoir pour qu'on puisse de nouveau vivre ensemble. Mais tu avais raison : il a refusé en prétextant que c'est une chambre simple.

Je ris, touchée :

— Au moins, tu auras essayé.

— Abandonnez cette idée ! intervint Constance.

Elle s'assit sur mon lit grinçant et laissa tomber son sac près d'elle. Des cahiers s'en échappèrent.

— Ce qu'il faut, Reed, c'est trouver un moyen de te faire réintégrer Billings.

— Je suis pour ! dit Sabine. Mais comment ?

— J'ai eu une idée.

Constance joua avec l'extrémité de sa longue natte rousse avant de continuer :

— Vous avez vu comme les filles qui veulent entrer à Billings nous couvrent de cadeaux ? Eh bien, Reed, toi aussi, tu devrais offrir quelque chose à Noëlle.

— Mais oui ! approuva Sabine en frappant dans ses mains. Ce serait une façon de lui dire que tu veux tout recommencer à zéro.

Je m'affalai sur ma chaise de bureau :

— Je ne sais pas. Ça serait un peu pathétique, non ?

Constance prit un air de chien battu.

— Non. Moi, je trouve que ce serait mignon, insista-t-elle.

— Peut-être, admis-je pour lui faire plaisir. Je vais y réfléchir.

— Super ! Je suis sûre que Noëlle serait touchée par le geste.

« Ou alors elle s'écroulerait de rire », pensai-je.

Sabine s'empara du rouleau cartonné :

— Si on décorait les murs ?

Tandis qu'elle déroulait les affiches, mes yeux tombèrent par hasard sur les affaires de Constance. Un exemplaire de la *Chronique* d'Easton de la semaine précédente dépassait de son sac. Je repensai à Marc et à son étrange commentaire :

— Dis-moi, Constance... Tu connaissais déjà Marc l'an dernier ?

— Ouais. On s'est rencontrés au journal. Pourquoi ?

— Est-ce qu'il est sorti avec Cheyenne ?

Constance plissa le front, pensive :

— Non, je ne crois pas. Mais il a travaillé sur elle.

— Marc a écrit un article sur Cheyenne ? m'étonnai-je.

— Ouais. Tu te souviens de cette rubrique en page 2, où on faisait le portrait d'un élève ? J'ai toujours trouvé ça un peu nul, alors je l'ai supprimée cette année. Mais c'est Marc qui a écrit l'article sur Cheyenne l'an dernier.

— Ah, intéressant.

Voilà pourquoi il était au fait de la vie

amoureuse de Cheyenne. Je la voyais mal confier ses aventures à un journaliste de *La Chronique*, mais, s'il avait passé du temps avec elle, il avait peut-être observé des choses. Notamment qu'elle recevait des textos d'un mystérieux S.O. Par contre, ça n'expliquait pas comment Marc savait que Cheyenne avait drogué Josh pour qu'il couche avec elle en septembre. Je classai l'information, me promettant d'y réfléchir plus tard.

— Pourquoi tu t'intéresses à Marc et Cheyenne ? voulut savoir Sabine, qui plaquait une affiche contre le mur.

Elle lorgna par-dessus son épaule pour voir mon expression.

— Sans raison particulière. Tout à l'heure, Marc a dit un truc qui sous-entendait qu'il la connaissait, mais j'ai du mal à les imaginer ensemble. Cheyenne n'aurait pas accordé un regard à un mec comme lui.

— Tu m'étonnes ! pouffa Sabine. Elle l'aurait piétiné sans le voir.

Elle déplaça l'affiche sur un autre mur et la maintint, les bras au-dessus de la tête :

— Et là, qu'est-ce que tu en penses ?

— Ça me paraît bien.

Je fouillais le tiroir de mon bureau à la recherche de ruban adhésif, quand le rire suraigu d'Ivy résonna entre les murs. Un frisson glacial courut le long de ma colonne vertébrale.

— C'était quoi, ça ? demanda Constance en plissant le nez.

Sabine laissa retomber les bras et l'affiche.

— Le fantôme de Pemberly ? suggéra-t-elle.

— Non. Juste la sorcière d'à côté, dis-je à mi-voix. Ivy Slade, ajoutai-je en montrant le mur près de mon lit.

— Brrr ! fit Constance. Je n'aime pas cette fille.

— Bienvenue au club !

— Elle est juste à côté ? Pas de bol, compatit Sabine.

Je coulai un regard vers le mur et les poils de ma nuque se dressèrent. Ivy entendait-elle tout ce qui se passait ici, elle aussi ? Il était peut-être temps que je surveille ce que je disais. Génial ! J'allais devoir être sur mes gardes jusque dans ma propre chambre.

Raison de plus pour quitter ce trou et réintégrer Billings le plus vite possible.

REMPLACÉE

Quand je sortis de Pemberly le lendemain matin, emmitouflée dans mon écharpe de cachemire grise, je vis une horde d'élèves rassemblée au milieu de la cour carrée, autour de Noëlle Lange et Amberly Carmichael.

Je ralentis, curieuse de voir ce qui causait un tel attroupement. Amberly balança ses cheveux blonds – récemment lissés – dans son dos et tendit une petite carte blanche à Trey, qui la glissa dans sa poche. Tous les élèves qui quittaient la cour possédaient le même carton. Ceux qui restaient sur place semblaient attendre d'en recevoir un. Que se passait-il encore ?

Noëlle chuchota quelque chose à l'oreille d'Amberly et elles éclatèrent de rire. Ce son joyeux, qui se répercuta dans tout le campus, me serra le ventre. On aurait dit deux sœurs, avec leurs manteaux de couturiers, exhalant de petits nuages de vapeur dans l'air froid, riant et bavardant avec animation. Les reines du bal. J'avais l'impression de revoir Noëlle et Ariana l'an dernier. Aussi complices qu'inaccessibles.

Quelques semaines plus tôt, j'étais à la place d'Amberly. Quelques semaines plus tôt, Noëlle et moi, tout aussi complices, étions les deux filles les plus en vue d'Easton. Aujourd'hui, je n'étais plus rien. Ou plutôt, si : la reine des losers.

Noëlle avait-elle reçu mon mail d'excuses ? Avait-elle daigné le lire ?

Si seulement je pouvais l'approcher et la convaincre de m'écouter... Peut-être accepterait-elle enfin de me pardonner. Elle pourrait aussi étouffer l'odieuse rumeur qui circulait sur mon compte. Je retournerais à Billings lavée de tout soupçon, la conscience en paix, et ma vie reprendrait son cours.

Hélas, à moins qu'elle ne fasse le premier pas, je n'avais aucun moyen de savoir si elle avait reçu mon message. Et pour l'instant elle avait d'autres chats à fouetter.

Quatre filles Billings munies de leurs cartes blanches quittèrent la foule en direction de la cafétéria. Missy, Lorna, Astrid et Sabine. Après réflexion, je décidai que j'étais capable d'encaisser les moqueries des deux premières, pourvu que je parvienne à soutirer des informations aux autres. Je courus derrière elles.

— Salut, les filles ! lançai-je, calquant mon pas sur celui d'Astrid.

Missy renifla et roula les yeux.

— Ah... Salut, Reed ! dit Sabine, hésitante.

— C'est quoi, ça ? demandai-je en indiquant du menton la carte d'Astrid.

Astrid jeta un coup d'œil méfiant à ses amies avant de me la tendre à contrecœur. C'était une invitation à une fête organisée par Noëlle et Amberly, le samedi suivant.

— Je ne comprends pas...

Pourquoi Noëlle et Amberly organisaient-elles une fête ensemble ?

— C'est une pré-fête pour l'anniversaire de Kiran, dit Astrid, l'air de s'excuser. L'idée, c'est que tout le monde se rassemble sur le campus avant de partir en bus pour la vraie fiesta.

Mon cœur se ratatina. J'avais reçu une invitation à la fête d'anniversaire de Kiran juste avant la collecte de fonds, mais je l'avais complètement oubliée, avec tous ces drames. Ma brouille avec Noëlle, mon expulsion de Billings signifiaient-elles que je n'étais plus invitée ? Kiran savait-elle seulement ce qui s'était passé ?

— Tout le monde est invité. Enfin, tous les

gens qui comptent, dit Missy en m'arrachant l'invitation d'Astrid pour la lui rendre.

Je me gardai de relever la pique :

— J'ai compris. Mais pourquoi Noëlle et Amberly ? Pourquoi organisent-elles une fête ensemble ?

Astrid et Sabine ralentirent avant de s'arrêter tout à fait. Missy et Lorna les imitèrent, restant un peu en retrait. Le silence plana longtemps.

— Si vous ne vous décidez pas à cracher le morceau, je vais le faire ! grommela Missy en nous rejoignant. Noëlle veut fêter l'entrée d'Amberly à Billings. On a fait son initiation hier soir.

Ce fut comme si les bâtiments d'Easton s'étaient écroulés autour de moi ; la terre tremblait encore sous mes pieds.

— Amberly ?

— Ouaip ! confirma Lorna. Elle emménage cet après-midi.

Je regardai Sabine. Sa mine triste et coupable confirma mes craintes.

Ainsi, Amberly allait s'installer dans notre chambre ! Sur mon territoire. Cette pensée me donna le vertige. C'était ma chambre. Mon lit. Tout ça, c'était à moi !

— Mais... Elle est en troisième.

— Et alors ? Tu étais en seconde quand tu

as été invitée à Billings, me rappela Missy. Si on peut enfreindre les règles une fois, on peut le faire deux fois.

— Pourquoi tu ne m'as pas prévenue ? demandai-je à Sabine, la gorge sèche.

— Je ne sais pas... Je suis désolée... Je ne voulais pas te contrarier. On était tellement optimistes hier soir. Je n'étais même pas au courant qu'on devait voter. Noëlle est venue me réveiller au milieu de la nuit.

Elles avaient voté ! Sacrifié au rituel pour accueillir une nouvelle pensionnaire. Je me rappelai soudain la cérémonie avec une douloureuse netteté. Les filles tirées du lit, descendant l'escalier en chemise de nuit, une chandelle à la main... Les chaises disposées en cercle. Les billes tombant une à une dans le bol, devant la photo d'Amberly.

Elles l'avaient invitée à Billings. Il n'y avait plus de place dans le dortoir. J'avais été remplacée. Par une fille de troisième.

Missy enfonça les mains dans ses poches.

— On peut y aller maintenant ? Ça pèle ! râla-t-elle.

Elle s'éloigna vers la cafétéria, flanquée de Lorna ; Sabine et Astrid restèrent avec moi.

— Je suis vraiment désolée, Reed, me dit Astrid.

— Ce n'est pas grave, croassai-je.

Mais si, c'était grave ! Parce que Noëlle l'avait fait exprès. Comme elle avait fait exprès de parler de mon entrevue avec Hauer, avant les vacances, pour laisser croire à tout le monde que j'étais une criminelle. Elle avait choisi Amberly, sachant que ce serait l'affront ultime pour moi. La présidente de Billings, remplacée par une gamine de troisième. C'était un message. Une façon de me signifier que tout était fini. Que je ne reviendrais jamais à Billings. Jamais.

TÊTE-À-TÊTE

Assise à mon bureau, mon cahier et mon livre d'espagnol ouverts devant moi, je me préparais à rédiger un devoir – tout en espagnol – sur une nouvelle de cinq pages que je n'avais pas encore lue. Pour faire bonne mesure, j'avais également sorti mon dictionnaire bilingue, ouvert un document vierge sur mon ordinateur et lancé iTunes en mode aléatoire. Il ne me restait plus qu'à m'y mettre...

Le problème, c'est que j'étais totalement incapable de travailler. Dans un état proche de l'hypnose, je fixais depuis une bonne demi-heure la carte que j'avais reçue de Kiran : l'invitation à sa fête d'anniversaire.

Reed, ça fait trop longtemps. S'il te plaît, viens. On a tellement de choses à se raconter. Bisous.
Kiran.

Ce message était-il toujours d'actualité, ou Kiran me haïssait-elle à cause de ce que j'avais fait à Noëlle ? Était-il possible qu'elle ne l'ait pas appris ? J'avais tellement envie d'aller à cette fête... J'étais impatiente de revoir Kiran et j'espérais que Taylor Bell serait là, elle aussi. C'est vrai : ça faisait trop longtemps. En admettant que je sois toujours la bienvenue, il me faudrait aussi trouver comment aller à Boston. Je me voyais mal monter dans un des cars prévus pour l'occasion et voyager pendant plus de deux heures en compagnie de plusieurs dizaines d'élèves d'Easton. Passer tout ce temps dans un espace clos, entourée de gens hostiles, serait un véritable supplice. À tout prendre, je crois que j'aurais préféré regarder en boucle la vidéo du mariage de mes parents.

Cela dit, si je trouvais un moyen d'aller à la fête, ce serait l'occasion rêvée de parler à Noëlle. Notre petit groupe serait réuni comme au bon vieux temps. Peut-être que la nostalgie attendrirait Noëlle, et qu'elle serait enfin disposée à me pardonner.

Je soupirai, balançai la carte sur mon bureau et fixai mon ordinateur, passé en mode « économiseur d'écran ». Le silence se fit un instant, tandis qu'iTunes sélectionnait le morceau suivant. J'entendis une voix filtrer par la bouche d'aération sous mon lit.

— Si tu continues, je m'en vais, disait Josh en riant. Je te rappelle qu'on est là pour réviser.

Un flot de bile monta dans ma gorge. Ivy ! Que faisait-elle ? J'envisageai aussitôt une centaine de possibilités, toutes plus déprimantes les unes que les autres, et je me jetai sur mon téléphone comme sur une bouée de sauvetage. Pas question de rester là, à écouter Ivy et Josh batifoler de l'autre côté de la cloison ! Même avec la musique à fond. J'envoyai un texto à Sabine :

Besoin de sortir. Une balade, ça te dit ?

Les quelques minutes qu'elle mit à me répondre me parurent une éternité.

RDV cour carrée.

« Merci, merci, merci ! » chuchotai-je en prenant mon manteau. Décidément, Sabine allait remporter haut la main le trophée de meilleure amie de l'année.

J'avais à peine éteint iTunes que j'entendis Ivy éclater de rire. Mon pouls s'emballa. Sortir d'ici ! Vite ! J'ouvris la porte tout en m'habillant et me précipitai dans le couloir. Je ne l'avais pas encore refermée qu'une serrure cliqueta dans mon dos. Je fis demi-tour et me retrouvai nez à nez avec Josh.

Il se figea. Moi aussi. Ivy avait probablement refusé de se tenir tranquille. Heureusement, cette pensée ne fit que me traverser. Josh était à quelques centimètres et j'avais une envie irrésistible de l'attirer contre moi, de le serrer dans mes bras. Hélas, c'était impossible. Je n'aurais plus jamais le droit de faire une chose pareille.

J'ouvris la bouche pour dire quelque chose, chasser le malaise, mais Josh ne m'en laissa pas le temps. Il inclina la tête en direction de ma chambre, me commandant en silence de le laisser entrer. Mon cœur bondit dans ma poitrine. Il voulait me parler. Seul à seule !

Je poussai la porte d'une main tremblante. Josh se glissa devant moi. Son odeur de propre m'emplit les narines, si familière, si grisante. J'entrai après lui et refermai la porte.

— Reed, je...

Je posai un doigt sur mes lèvres. Josh plissa le front, mais se tut. Je fonçai vers mon ordinateur et remis à plein volume le morceau de Fall Out Boy sur lequel iTunes s'était arrêté. J'aperçus au passage la carte bleue portant son nom : celle du dîner de Noël. Je m'empressai de la retourner.

— J'entends tout ce que dit Ivy quand il n'y a pas de musique, lui confiai-je à voix basse, juste assez fort pour qu'il me comprenne.

Je retirai mon manteau et le jetai sur mon lit :

— Alors, si tu ne veux pas qu'elle sache que tu es là...

Josh hocha la tête avec une moue triste :

— Compris.

Il posa sa veste sur le dossier de ma chaise et abandonna son vieux sac gibecière par terre, à ses pieds. Puis il glissa les mains dans les poches de son jean taché de peinture, par précaution sans doute. Qui sait ce qu'elles auraient risqué de faire de leur propre chef... Ou ce que j'aurais pu en faire s'il les avait laissées à ma portée.

— Alors..., commença-t-il.

— Alors, quoi ?

Mon cœur battait si fort qu'il rivalisait avec la musique ; j'étais quasiment sourde.

— Comment tu vas ?

Les yeux de Josh étaient si pleins de sollicitude que j'eus envie de pleurer. Comment pouvait-il être aussi gentil avec moi après ce que je lui avais fait ? Le soir de l'Héritage, il nous avait surpris en pleine action, Dash et moi. Il était au courant de cette histoire avant même que les autres aient reçu la vidéo. Aujourd'hui, tout le monde l'avait vue. La nouvelle de ma trahison avait largement circulé, et Josh avait des raisons supplémentaires de se sentir humilié. Il aurait dû me haïr. Préparer sa vengeance.

— Bien. Ça va, mentis-je en haussant les épaules.

Il ne me croyait pas, c'était évident. Quant à moi, j'étais toujours sidérée de le voir ici. Dans ma chambre. Nous deux. Seuls. Combien de fois en avais-je rêvé ? Combien de fois avais-je prié pour qu'il me donne une dernière chance de m'expliquer ? De le reconquérir ? Et j'étais plantée là, les bras ballants, une boule grosse comme une balle de base-ball dans la gorge, n'osant prononcer un mot de crainte de le faire fuir.

— Je suis désolé pour tout ce qui t'arrive, dit Josh.

Il se passa une main dans les cheveux et fixa le sol.

— Je sais que je n'ai pas été très sympa ces derniers temps, enchaîna-t-il, mais...

Je ne le laissai pas terminer.

— Josh, tu n'imagines pas combien je regrette ! m'écriai-je.

La boule dans ma gorge avait disparu comme par enchantement.

— Je regrette ce qui s'est passé avec Dash. Ça ne signifiait rien, et, si je pouvais revenir en arrière et tout effacer, je le ferais. Je veux que tu le saches, ajoutai-je, désespérée. S'il te plaît, je voudrais juste... que tu me croies.

Je m'étais étranglée en prononçant ces derniers mots. Josh fit un pas vers moi. Un quart de seconde, je crus qu'il allait me prendre la main. Mais il se contenta de me presser furtivement l'avant-bras :

— Je te crois.

— C'est vrai ? insistai-je, pleine d'espoir.

— Écoute, Reed, tout ça, c'est du passé. D'accord ?

Il recula avant d'ajouter :

— Ce qui est fait est fait. Ne te prends pas la tête là-dessus. Surtout avec tout le reste.

« Tout le reste » ? N'avait-il pas compris qu'il comptait plus que n'importe quoi pour moi ?

Josh se mit à jouer avec mon flacon de parfum, posé sur la commode :

— Essaie de te vider la tête. Concentre-toi sur tes examens. Tu verras que tout ira mieux après Noël. Ce sera comme un nouveau départ.

Il indiqua d'un geste le taudis qui me servait de chambre :

— Nouveau dortoir, nouveaux amis... Tu

pourras te concentrer sur les SAT[1], essayer d'intégrer une fac de l'Ivy League et laisser ce cauchemar derrière toi. Dans deux ans, tu auras tout oublié.

« Sauf toi. Dans deux ans, je suis sûre que je penserai encore à toi. »

J'avais effectivement le sentiment que je pourrais laisser Easton derrière moi sans l'ombre d'un regret, si seulement Josh était encore avec moi. Josh, qui avait toujours été là pour me soutenir, qui m'avait aidée à garder la tête sur les épaules en toute circonstance.

Il remit les mains dans ses poches, hésitant. Je l'implorai en silence de m'enlacer. Au moins de me toucher de nouveau le bras. C'est fou, quand on y pense. Un jour, on embrasse quelqu'un, on le serre contre soi comme si c'était la chose la plus naturelle du monde, et, le lendemain, on n'ose plus l'approcher à moins d'un mètre. Une barrière invisible s'était dressée entre nous et j'aurais donné n'importe quoi pour la détruire. Josh n'éprouvait-il pas la même chose ?

Je vis son regard se poser sur sa veste. Devinant qu'il pensait à partir, je me dépêchai de relancer la conversation.

1. Les SAT (*Scholastic Aptitude Tests*) sont des examens préalables à l'entrée à l'université.

— Tes vœux sont enfin exaucés, dis-je avec un sourire sardonique. Je ne suis plus à Billings.

Josh me regarda avec tant de pitié que je regrettai aussitôt mes paroles.

— Crois-moi, je n'ai rien souhaité de ce qui est arrivé, dit-il en toute sincérité.

Touchée, je baissai les yeux pour dissimuler mes larmes. L'ordinateur embraya sur un slow, comme s'il avait choisi la bande-son qui convenait le mieux à la scène.

— Holà ! fit Josh.

Il prit enfin ma main dans la sienne. Je cessai de respirer.

— Ça va ?

Je levai les yeux et croisai son regard. J'aurais voulu lui dire un million de choses, mais, à cet instant précis, la voix d'Ivy couvrit les tonalités langoureuses de la musique.

— Je suis trop pressée d'aller à Paris avec Josh pour Noël, claironnait-elle.

Je supposai qu'elle était au téléphone.

— Notre maison rive gauche, le dîner au Marceau... Il ne va pas comprendre ce qui lui arrive.

Je lâchai la main de Josh et reculai, tandis qu'Ivy gloussait joyeusement. L'air coupable de Josh répondit à ma question.

— Tu vas à Paris avec elle ? chuchotai-je.

— Pas exactement. Mes parents y vont... Les siens aussi...

— Il faut que je sorte d'ici ! déclarai-je, en proie à une soudaine bouffée de chaleur.

Je saisis mon manteau au vol et passai devant lui.

— Reed, je suis désolé que tu aies entendu ça, mais...

Je pivotai. Il s'interrompit au milieu de sa phrase. Son expression était à la fois implorante et pleine de défi. Comme s'il ne voulait pas me blesser, et me signifiait en même temps que je n'avais pas le droit de me sentir blessée.

— Fais-moi plaisir, murmurai-je. Sois prudent avec Ivy. Il y a beaucoup de choses que tu ignores sur son compte.

Sur ces mots, je sortis de ma chambre, l'abandonnant à l'intérieur.

14 PAR 14

Le lendemain, après avoir dîné en compagnie de Diana et tenté sans succès de travailler à la bibliothèque, je remballai mes affaires et traversai le campus pour rejoindre Pemberly. En passant devant Gleck, je me rappelai ce que Constance m'avait appris : l'an dernier, Marc Alberro avait écrit un article sur Cheyenne. S'il savait quelque chose sur le mystérieux S.O., je voulais le savoir aussi.

Je sortis mon téléphone et composai son numéro. Manque de chance, je tombai directement sur la messagerie :

« Bonjour. Je ne suis pas disponible pour l'instant, mais, si vous laissez votre nom et votre numéro de téléphone après le bip, je vous rappellerai dès que possible. Si vous m'appelez pour un article, appuyez sur la touche dièse pour m'envoyer un texto. Merci. »

— Salut, Marc. C'est Reed. J'ai une petite question à te poser. Est-ce que tu peux me rappeler quand tu auras le temps ?

Alors que je glissais mon iPhone dans mon sac, je vis une silhouette connue courir vers la porte du dortoir. J'hésitai un instant, devinant que j'étais la dernière personne au monde à qui ce mec voudrait parler. Je résolus de tenter ma chance malgré tout :

— James ! Attends-moi !

Le grand mec de terminale dégingandé se tourna et me regarda en plissant les yeux. Lorsqu'il me reconnut, il serra la mâchoire. Comme il ne partait pas en courant, je m'avançai à sa rencontre.

— Salut ! Tu te souviens de moi ? lui demandai-je.

« Pourvu qu'il dise non ! »

Le vent m'envoyait mes cheveux dans la figure. Je les chassai d'un revers de main.

— La fille qui m'a délivré le message le plus humiliant de ma vie ? Je ne vois pas comment j'aurais pu t'oublier, répondit James en glissant les mains dans les poches de son manteau.

Je fixai le sol, embarrassée. L'an dernier, Noëlle m'avait chargée d'aller rompre avec James au nom de Kiran. La scène, qui s'était déroulée au beau milieu de la cafétéria, avait été ignoble... Je m'étonnais encore qu'il ne m'ait pas aspergée de poivre, en représailles. Je m'empressai de m'excuser :

— Je suis désolée. Sincèrement ! J'ai juste une question à te poser et je te promets que tu n'entendras plus jamais parler de moi.

James ne répondit pas. Il se contenta d'attendre, immobile. Quelque chose dans la fixité de son regard me mettait mal à l'aise. Comme s'il me jugeait. Cela dit, il en avait parfaitement le droit. C'était un minimum.

— Je cherche Marc Alberro. Tu sais s'il est dans le dortoir en ce moment ?

James renversa la tête en arrière et se mit à rire, exhalant un nuage de vapeur :

— Pourquoi tu cherches « 14 par 14 » ?

— « 14 par 14 » ? C'est le surnom que les filles Billings ont donné à Trey quand il a envoyé 14 bouquets de 14 roses à Cheyenne pour la Saint-Valentin, l'an dernier. Comment es-tu au courant de cette histoire ? Et quel rapport avec Marc ?

James me dévisagea, un sourire moqueur aux lèvres :

— Ce n'est pas Trey qui a envoyé les roses à Cheyenne. C'est Marc. Je l'ai compris en voyant la vidéo. Quant au surnom, il a fait le tour du bahut.

Je n'en croyais pas mes oreilles. Ainsi, le fameux 14 × 14 serait Marc Alberro ?

— Tu déconnes !

— Pas du tout. Marc était amoureux de Cheyenne et il a voulu marquer le coup. Je crois qu'elle n'a pas tellement apprécié, d'ailleurs. Elle l'a humilié devant tout son dortoir. Je n'étais pas à Wesley l'an dernier, mais j'ai vu la vidéo.

Penaud, James ajouta :

— Ça va te paraître odieux, mais sur le moment ça m'a un peu réconforté... Rapport à ma propre mésaventure.

— Tu dis qu'il y a une vidéo ?

À la rigueur, je voulais bien admettre que Marc ait été amoureux de Cheyenne. Je savais qu'il avait écrit un article sur elle, et tout... Mais cette histoire de roses, ça ne collait pas. Comment un élève boursier aurait-il eu les moyens d'acheter toutes ces fleurs ?

— Ouais, un mec de Wesley l'a filmée avec sa caméra HD. Je l'ai toujours sur mon ordi, précisa James.

— C'est vrai ?

Je me jetai à l'eau en rougissant :

— Tu pourrais... Je veux dire, ça ne te dérangerait pas de...

Il sourit :

— Non, pas de problème.

Je hochai la tête et lui emboîtai le pas dans son dortoir. Je n'en revenais pas qu'il soit aussi aimable, mais je me retins de lui en faire la remarque, de crainte qu'il change d'avis. Jamais je ne croirais un truc pareil sans l'avoir vu de mes propres yeux.

James me fit entrer dans le foyer de Gleck. Je n'avais pas remarqué que j'étais frigorifiée avant de pénétrer dans cette pièce surchauffée. Je me décongelai lentement. Deux mecs étaient assis dans un coin, occupés à réviser. Ils regardèrent avec curiosité James sortir son ordinateur de son sac à dos et le poser sur une table basse.

— Assieds-toi, me proposa mon hôte en indiquant le canapé.

Il était beaucoup trop poli. Je décidai d'en avoir le cœur net.

— Je peux te demander quelque chose ? fis-je, tandis qu'il s'asseyait à une distance respectueuse de moi.

— Tu viens de le faire, plaisanta-t-il en effleurant le *touchpad* de son ordinateur.

— Non, sérieusement. Pourquoi es-tu aussi gentil avec moi ? Après ce que je t'ai fait.

— Tu ne m'as rien fait. C'était Noëlle. Tu t'es contentée d'obéir à ses ordres, expliqua-t-il, pragmatique.

Je me sentis piquer un nouveau fard :

— Ouais. Sauf que j'aurais pu refuser.

James étrangla un rire et remonta ses lunettes sur son nez :

— Non. Tu étais nouvelle. Une élève de seconde venue de nulle part. Tu n'aurais jamais pu.

J'étudiai son expression pour tenter d'y déceler une trace de sarcasme ou d'amertume. Il n'y en avait pas. Pour lui, c'était un simple fait : les filles qui gravitaient autour de Noëlle perdaient leur libre arbitre.

— Tiens, la voilà ! dit-il.

Une fenêtre venait de s'ouvrir au milieu de l'écran. Je me penchai en avant. James appuya sur la touche « Play » et le film se mit à défiler. Marc Alberro, les cheveux un peu plus longs qu'aujourd'hui, était debout face à une Cheyenne furieuse. Elle avait les cheveux aux épaules, comme l'an dernier, et me parut plus petite que dans mon souvenir. Le vidéaste amateur avait commencé à capturer la scène au milieu d'une de ses tirades :

— ... tu as cru m'impressionner, 14 par 14 ? criait-elle une voix suraiguë.

Sur ces mots, elle balança une demi-douzaine de roses rouges et roses aux pieds de son admirateur et les écrasa sous la pointe de sa bottine Louboutin :

— Je n'ai jamais reçu un cadeau aussi pathétique !

Marc était si pâle qu'il semblait sur le point de s'évanouir. Autour de lui, ses copains ricanaient et se poussaient du coude. Ils étaient une bonne vingtaine, assis par terre, installés sur des fauteuils ou des canapés, à regarder Marc se faire rembarrer. Ils devaient fêter quelque chose quand Cheyenne était arrivée, car on voyait des gobelets en plastique, des bouteilles de soda et des sacs de chips éventrés un peu partout.

— Et puis, ça commence à bien faire, disait Cheyenne. Tu ne m'intéresses pas ! Tu peux arrêter de m'inonder de textos et de laisser des petits cadeaux partout sur mon chemin. J'ai déjà un mec. Je n'ai pas besoin d'un persécuteur en plus.

Marc avait ouvert la bouche pour répondre, mais n'avait laissé échapper qu'un son plaintif.

Cheyenne avait promené un regard dans la pièce et conclu, un sourire mauvais aux lèvres :

— Désolée de vous avoir interrompus. Vous pouvez reprendre votre tournoi de jeux vidéo débiles.

Après quoi, elle avait pivoté sur ses talons et quitté la pièce. Le vidéaste avait fait un gros plan sur le visage décomposé de Marc, puis des rires avaient fusé à l'arrière-plan et l'écran était devenu noir. Fin de la séquence.

Je restai immobile un long moment, incapable de bouger. Mon cerveau analysait au ralenti ce que j'avais vu et entendu. « Un persécuteur », « laisser des petits cadeaux partout sur mon chemin »... Ces termes m'étaient désagréablement familiers.

— Vous aimez bien les ruptures publiques à Billings, observa James avec ironie.

Il referma son ordinateur et je me renfonçai dans le canapé, complètement sonnée. Marc Alberro, si gentil, si innocent... Était-il possible que derrière cette façade se cache un meurtrier de sang-froid ?

— Ouais, dis-je enfin. Il faut croire que oui.

DES CROIX

En entrant dans la salle de bains commune ce soir-là, toujours préoccupée par ma découverte, je trouvai Ivy devant un lavabo, en pyjama et pantoufles. Elle examina d'un œil critique mon sweat Penn State et mon short de sport.

— Tu as un match de foot nocturne ? me lança-t-elle.

Elle ricana et tendit la main vers un petit pot de crème.

— Et toi, tu te fais un lifting chimique ? rétorquai-je. C'est vrai que tu pourrais avantageusement gommer ton nez et ton menton.

Ivy en resta bouche bée. Elle se reprit très vite, reportant son attention sur ses soins de beauté. Je posai ma trousse de toilette transparente sur la tablette du lavabo et maudis les créateurs de Billings de nous avoir octroyé des salles de bains individuelles. Je n'étais pas habituée à affronter l'ennemi juste avant le coucher.

Ignorant Ivy, je me brossai énergiquement les dents et crachai. Elle grimaça, mais resta concentrée sur son reflet, disposant de petites touches de crème sous ses yeux avant de les étaler. C'est le genre de chose qui m'avait toujours fascinée à Billings. Les filles de dix-sept ans ont-elles vraiment besoin de crème « contour des yeux » ? Kiran parlait de mesures préventives. Pour moi, ça revenait surtout à jeter de l'argent par les fenêtres. Bien sûr, ce genre de considération ne les effleurait même pas.

— Qu'est-ce que tu as ? Tu es fascinée par la crème hydratante ? me demanda Ivy dans le miroir.

Elle me tendit le pot.

— Sers-toi ! Ça te permettra peut-être de te débarrasser de tes valises sous les yeux, dit-elle en fronçant le nez. C'est vrai que, ces temps-ci, tu as de bonnes raisons de faire des insomnies, ajouta-t-elle avec une fausse sympathie.

Je récupérai mes affaires, les joues cuisantes :

— Tu es vraiment une garce !

— Ha, ha ! Me faire traiter de garce par quelqu'un qui a passé autant de temps avec Noëlle Lange, c'est un comble ! s'esclaffa Ivy en refermant son pot de crème. Crois-moi, dans ce domaine, je ne lui arrive pas à la cheville. Mais un de ces jours elle recevra la leçon qu'elle mérite. J'en fais mon affaire.

Interdite, je me rappelai brusquement le discours qu'Ivy m'avait tenu dans la rue ce fameux soir, à New York. Les menaces à peine dissimulées qu'elle avait proférées à l'encontre de Noëlle. Hauer ne m'avait pas prise au sérieux quand je lui en avais parlé. Ce soir, Ivy venait de réitérer ces menaces de façon plus directe encore. Je serrai les poings et lui décochai un regard mauvais, que j'espérais intimidant.

— Ne t'approche pas de Noëlle, lâchai-je entre mes dents.

Ivy me regarda. Pour la première fois, elle parut sincèrement intéressée :

— Qu'est-ce que tu entends par là ?

— J'entends par là que si tu lui fais du mal, à elle ou à n'importe qui à Billings, je me chargerai personnellement de te le faire payer.

Ivy commença par écarquiller les yeux. Puis elle éclata de rire :

— Moi ? Tu plaisantes ? Ce n'est pas de moi qu'il faut t'inquiéter. Ce n'est pas moi qui suis prête à piétiner tout le monde pour parvenir à mes fins. Ce n'est pas moi qui suis accro au pouvoir au point de tuer quelqu'un pour avoir une place dans un dortoir.

— Je n'ai pas tué Cheyenne, déclarai-je, péremptoire.

De nouveau, Ivy éclata de rire :

— Je ne parlais pas de toi.

— De qui, alors ?

Lorsque je compris enfin, mon sang se figea. Ivy accusait Noëlle d'avoir assassiné Cheyenne. Elle la croyait coupable. Ou alors elle essayait de lui faire porter le chapeau pour détourner les soupçons.

— Cette fille que tu vénères est capable de choses que tu n'imagines même pas, Reed, reprit-elle en fermant sa trousse de toilette. Quand la vérité éclatera, tu comprendras. Tu la verras enfin telle qu'elle est.

Sur ces mots, elle quitta la salle de bains, laissant la porte battante osciller derrière elle.

Atterrée, je me forçai à respirer régulièrement. C'était donc ainsi qu'Ivy comptait prendre sa revanche sur Noëlle et la faire tomber de son piédestal. Elle allait tenter de lui faire endosser son propre crime. Et au passage elle ferait tout pour me rendre dingue en me persécutant. Mais pourquoi moi ? Qu'est-ce que je lui avais fait ? M'en voulait-elle à ce point d'avoir adulé Noëlle ? Heureusement, elle n'était pas au bout de ses peines : tout le campus me croyait encore coupable. Et elle pouvait compter sur moi pour lui mettre des bâtons dans les roues.

Je regagnai précipitamment ma chambre, plus déterminée que jamais à prouver qu'Ivy Slade avait tué Cheyenne. Mais comment m'y prendre ? Que pouvais-je faire de plus ? Mes recherches sur Internet n'avaient rien donné. Cela dit, j'avais quelques heures devant moi pour concevoir un nouveau plan d'attaque. Après notre petite discussion, j'étais sûre de passer une nouvelle nuit blanche.

À la seconde où j'entrai dans ma chambre, je me figeai. Quelque chose avait changé. Quelqu'un était venu, je le sentais. Je scrutai rapidement les lieux, cherchant à voir si quelque chose avait été déplacé. C'est alors que j'aperçus la photo fixée au mur au-dessus de mon lit. La photo de Cheyenne et moi prise à l'anniversaire de Vienna l'an dernier. Celle que la mère de Cheyenne m'avait offerte en souvenir de sa fille. Mon cœur s'affola ; mes paumes devinrent moites. Comment ce cliché avait-il atterri ici ? Je posai ma trousse de toilette sur la commode et m'avançai vers la photo sur la pointe des pieds, comme si elle risquait de me sauter à la figure.

De près, elle me réservait une autre surprise, qui acheva de me terrifier. Le visage de Cheyenne et le mien, naguère souriants, étaient barrés de croix noires.

Lorsque je l'arrachai du mur, le scotch emporta le haut de l'image. Refoulant des larmes brûlantes, je finis de la déchirer en deux. Quel était le sens de ce nouveau message ? Nos visages étaient-ils barrés parce que nous avions toutes les deux quitté Billings, chacune à sa manière ? Ou les intentions de mon persécuteur étaient-elles encore plus effroyables ?

J'allais réduire la photo en pièces, quand je réalisai que c'était une preuve. Celui ou celle qui l'avait fixée au mur y avait peut-être laissé des empreintes digitales. Elle devait aussi porter les miennes, mais qu'importe... Je pris une enveloppe dans le tiroir de mon bureau et glissai les deux moitiés de la photo à l'intérieur, avant de la ranger dans ma commode avec les autres « cadeaux » de mon persécuteur : les billes noires, les vêtements roses de Cheyenne... Tout y était, sauf les pilules et la carte de placement, dont je m'étais débarrassée.

Je me laissai tomber sur mon lit et regardai fixement le tiroir maudit. Une fois calmée, je songeai qu'Ivy n'avait pas pu me jouer elle-même ce nouveau tour. Elle était déjà dans la salle de bains lorsque j'étais arrivée et ne l'avait quittée que cinq secondes avant moi. Elle n'aurait jamais eu le temps d'entrer dans ma chambre, de scotcher une photo au mur et de ressortir. Mais cela suffisait-il à la disculper du reste ?

Non. Je refusais de le croire. Tant que je n'avais pas identifié le fameux S.O., découvert une preuve accablante contre Astrid ou qui que ce soit d'autre, Ivy restait la seule à avoir un véritable mobile. La seule à avoir un regard de psychopathe. Peut-être avait-elle un complice. Peut-être avait-elle demandé à Jillian de mettre la photo dans ma chambre pendant que j'étais à la salle de bains. Ou – qui sait ? – la photo était peut-être déjà au mur cet après-midi et je ne m'en étais pas rendu compte.

J'ouvris mon ordinateur et composai un nouveau mail destiné à Noëlle :

Noëlle,

Je soupçonne Ivy d'avoir tué Cheyenne. S'il te plaît, sois prudente. Elle m'a raconté ce qui s'était passé avec sa grand-mère il y a deux ans. Elle te croit responsable de tout. Je t'en prie : si tu refuses de me parler, au moins, fais attention à toi.

Reed

Les doigts tremblants, j'envoyai le message, espérant que Noëlle le lirait. Qu'au fond d'elle-même, elle me faisait encore un tout petit peu confiance.

Ivy était coupable. Forcément. Parce que, si ce n'était pas elle, alors j'étais complètement larguée. Et l'ennemi pouvait être n'importe où.

ÉCLABOUSSURES

Amberly Carmichael me tapait sérieusement sur le système.

Le vendredi soir, alors que j'étais assise seule à une table du solarium, je la vis précéder un groupe de filles Billings au comptoir du Coffee Carma comme si elle était propriétaire des lieux. Ce qui n'était pas complètement faux, d'ailleurs. Sauf qu'à la voir se pavaner, on aurait pu croire qu'elle possédait le lycée tout entier. Les filles qui l'accompagnaient : Missy, Lorna, Rose, Kiki et Portia, marchaient en rang derrière elle, telles des demoiselles d'honneur. Elles escortaient cette petite morveuse de troisième, qui se serait prosternée à leurs pieds quelques semaines plus tôt. N'importe quoi !

— Mon père voulait aller en Australie pour Noël ! annonça Amberly, assez fort pour que toute la salle l'entende. Il rêve de surfer à Maroubra le matin de Noël, vous le croyez ? Je lui ai fait : « Papa ! Il n'y a pas que le surf dans la vie ! » J'adore son côté aventurier, et tout, mais il peut surfer n'importe où. Il m'avait déjà promis qu'on rejoindrait les Lange à Saint Bart pour Noël. Chose promise, chose due !

— « Surfer en Australie » ? Sans déconner ! Mon père, c'est le troisième âge à côté du tien, ironisa Missy.

Elle lâcha son sac Vuitton sur le comptoir avant d'ajouter :

— D'ailleurs, je veux bien aller surfer en Australie avec lui. Je l'ai vu quand il est venu te déposer au lycée en septembre. Il est hyper sexy.

J'épiai la réaction d'Amberly, qui parut choquée. À juste titre. Mais elle se contenta d'éclater de rire.

— Rangez vos portefeuilles et commandez ce que vous voulez, dit-elle en agitant la main. C'est moi qui invite. Papa me doit bien ça.

Je la fixai avec intérêt. Je la trouvais changée. Plus douce. Elle avait lissé ses cheveux blonds, qu'elle portait détachés. Moins maquillée que d'habitude, elle paraissait légèrement plus vieille et plus sophistiquée. Puis il y avait ses vêtements. Son manteau blanc ouvert laissait apparaître un pull blanc à col roulé, qu'elle portait avec un slim et des bottes en daim à frange doublées de fourrure. En guise de sac, elle arborait une gibecière vert bouteille. Voilà ce qui avait changé dans son look ! Sa tenue était moins assortie qu'avant. Comme si elle l'avait choisie spontanément au lieu d'y réfléchir pendant des heures.

— Merci, Amberly ! s'exclama Missy, exagérément reconnaissante.

Elle fit claquer deux bises en l'air près de ses joues quand celle-ci lui tendit son café XXL.

— Ouais, merci. C'est génial, ajouta Kiki de son éternel ton monocorde.

Elle avait choisi un moka frappé avec double ration de chantilly et pépites de chocolat. Cette fille carburait au sucre. Me rappeler que je connaissais ses goûts me rendit nostalgique. Je tentai de me raisonner : « Allez, Reed. On se ressaisit. Tu as du pain sur la planche. »

Je pris mon feutre rouge et fis enfin ce que j'avais prévu de faire toute la nuit : barrer les noms de Missy et Lorna de ma liste de suspects. Je les avais « googlisées » la veille au soir sans rien trouver de compromettant.

J'avais juste appris deux ou trois détails intéressants. Notamment que Lorna avait deux sœurs aînées. L'une étudiait à Oxford, l'autre passait son doctorat au MIT. De quoi expliquer le complexe d'infériorité de la petite dernière. Quant à Missy, elle avait eu un petit frère, décédé à l'âge de 8 ans d'une leucémie. Pour la première fois, elle m'avait paru humaine. C'était tout ce que j'avais pu glaner. Par ailleurs, j'étais forcée d'admettre que ni l'une ni l'autre ne s'était comportée bizarrement depuis la mort de Cheyenne. Missy avait un sang-froid à toute épreuve, cela ne voulait donc rien dire. Mais Lorna n'aurait jamais pu commettre un meurtre sans se trahir. Elle serait devenue parano, nerveuse, pleurnicharde, que sais-je ? Or, elle était restée égale à elle-même. Ça ne collait pas.

Au comptoir, Amberly émit un petit rire cristallin. Je me raidis. Curieusement, la liste des gens qui m'étaient antipathiques s'allongeait au fur et à mesure que ma liste de suspects se vidait. Elle ne comportait plus qu'Astrid, Marc Alberro, S.O. et Ivy.

Quand on parle du loup... À ce moment précis, Ivy et Josh entrèrent dans le solarium, main dans la main. Les voir ensemble me fit l'effet d'un électrochoc. Je me levai pour rassembler mes affaires. Je n'allais pas rester plantée là à les regarder se bécoter. Jamais de la vie !

Mon geste soudain attira l'attention d'Ivy. Elle me sourit d'un air triomphant et se dressa sur la pointe des pieds pour embrasser Josh sur la joue, sans cesser de marcher. Heureusement, il ne s'aperçut pas de ma présence. Je n'aurais pas aimé qu'il surprenne mon air déconfit.

Je fourrai mon cahier dans mon sac et fonçai vers la porte. Hélas, mon écharpe se coinça sur le dossier d'une chaise vide. Je tirai dessus pour la libérer et trébuchai en arrière, allant bousculer Amberly Carmichael.

J'entendis un juron, puis un bruit d'éclaboussures. L'instant d'après, mes baskets étaient maculées d'un liquide marron clair.

— Aaah, c'est pas vrai ! Regarde ce que tu as fait, connasse ! s'emporta Amberly.

Son manteau et son pull blancs étaient inondés de thé au lait. Elle tenait la tasse vide à bout de bras. Le liquide ruisselait sur ses vêtements et gouttait par terre. Je pinçai les lèvres pour me retenir de rire. Rose, Kiki, Missy, Lorna et Portia la suivaient. Naturellement, Rose et Kiki se détournèrent lorsque je cherchai leur regard.

— Désolée, dis-je en haussant les épaules.

Amberly posa la tasse sur la table la plus

proche et prit des serviettes pour éponger les dégâts.

— Tu vas me payer le nettoyage à sec, gronda-t-elle. Ce manteau est une pièce unique.

Elle tremblait de fureur. En regardant ses longs doigts pâles éponger la tache, j'eus une étrange sensation de déjà-vu.

— Je ne paierai rien du tout, me défendis-je en remontant la bandoulière de mon sac sur mon épaule. C'était un accident.

— Je te garantis que tu vas payer ! répéta Amberly, hargneuse.

Ses yeux bleus me transpercèrent comme des pics à glace. Quelques jours à Billings lui avaient suffi pour maîtriser l'art de l'intimidation.

— Et ça va te coûter cher ! ajouta-t-elle en me toisant avec morgue. Tu ferais bien de commencer à économiser.

Missy, Lorna et Portia éclatèrent de rire et je piquai un fard. Le sourire qui se dessina sur les lèvres de Rose me fit l'effet d'un coup de poignard. Comme Jules César, j'étais trahie par les gens censés me soutenir. Kiki fut la seule à ne pas réagir. Je supposai que son iPod était à plein volume et qu'elle n'avait rien entendu.

— Ne rêve pas, dis-je entre mes dents.

— Je vais récupérer la Carma Card, rétorqua Amberly. Et mon argent.

— Ouais. Bonne chance ! m'esclaffai-je.

Après quoi, je décochai à mes anciennes amies un regard plein de mépris et tournai les talons.

Deux listes

Je passai le samedi après-midi à la bibliothèque, entourée d'une foule studieuse. Les crayons grattaient le papier ; on s'interrogeait à voix basse sur tous les sujets, depuis le mouvement féministe du début des années 1900 jusqu'à la conquête spatiale, en passant par les mérites comparés de Monet et Manet. Les élèves installés devant les ordinateurs sirotaient des cafés d'une main, tapotant le clavier de l'autre. Les examens approchaient dangereusement et la tension dans l'air était palpable.

Et moi, pendant ce temps, je surfais sur le Web à la recherche d'un cadeau pour Josh Hollis... quand je n'étais pas occupée à faire de vaines recherches sur les derniers suspects de ma liste. Je n'avais pas consacré une minute à mon travail scolaire depuis le départ de Sabine, une heure plus tôt. J'étais en train de me saborder, mais je n'arrivais même pas à m'en soucier. J'avais des motifs d'inquiétude plus pressants.

Déjà, j'étais incapable de trouver un cadeau qui me plaise pour Josh. Un cadeau exprimant le message que je voulais lui transmettre : « Je t'aime. Est-ce que ce présent ne te rappelle pas que tu m'aimes, toi aussi ? » J'avais passé des heures à éplucher sans succès les sites de vente en ligne, depuis LL Bean jusqu'à art.com, et même eBay. Le dîner de Noël était dans moins d'une semaine. Il était temps de m'avouer vaincue et de me rabattre sur un truc banal. Mes finances ne me permettraient pas de me faire expédier un article à la dernière minute par Chronopost. En plus, en commandant par Internet, je ne pouvais pas payer avec le peu d'argent qu'il me restait du fonds Billings. Je serais obligée de régler avec la carte de crédit « en cas d'urgence » que mon père m'avait confiée cet été. Moins je dépenserais d'argent sur ce compte, plus mes parents seraient enclins à me pardonner. En désespoir de cause, je retournai sur le site art.com et commandai l'affiche de Gauguin que j'avais regardée sans enthousiasme un instant plus tôt.

Mon voisin libéra son ordinateur. Avant même que le parfum de son chewing-gum à la framboise ne se soit estompé, Marc Alberro avait pris sa place. Il s'assit de travers pour me faire face, encore engoncé dans son gros manteau, son sac sur les genoux.

— Désolé de n'avoir pas répondu à ton message. C'est de la folie en ce moment. Et toi, quoi de neuf ?

J'avais pris soin d'éviter Marc depuis que James m'avait montré la vidéo. Je m'aperçus que je n'arrivais même pas à le regarder dans les yeux. Était-ce lui, l'assassin ? S'était-il introduit à Billings pendant la nuit pour faire avaler ces pilules de force à Cheyenne ? Cette pensée me donna la chair de poule.

— Quoi ? Qu'est-ce qu'il y a ? s'informa-t-il.

— Il faut que je file !

Je rassemblai mes affaires à la hâte, abandonnant l'écriteau « Réservé » sur mon ordinateur pour ne pas avoir à le déposer à l'accueil. Puis je courus vers la sortie comme si j'avais le diable aux trousses. Alors que j'enfilais mon manteau, la bandoulière de mon sac s'enroula autour de mon poignet. Je tentai de me dégager en sortant du bâtiment, mais mon sac se renversa. Mes livres et mes cahiers s'éparpillèrent dans l'escalier.

— Super ! Il ne manquait plus que ça ! pestai-je à voix basse.

Je m'accroupis. Le ciel était d'un gris menaçant et le vent s'engouffrait entre les bâtiments. D'une seconde à l'autre, les nuages allaient crever et déverser des torrents de pluie sur ma tête.

— Reed !

Marc me rejoignit en un éclair. Il se baissa pour m'aider à ramasser mes affaires :

— Ça va ? Qu'est-ce qui t'arrive ?

Debout en face de lui, les bras pleins de livres, je me forçai enfin à le regarder. Il me fixait de ses yeux marron clair, francs et honnêtes, et l'inquiétude plissait son front. Comment imaginer qu'il ait pu s'en prendre à Cheyenne ? En même temps, après ce qu'elle lui avait fait...

— 14 × 14, c'est toi ! lâchai-je, plus fort que je ne l'aurais voulu.

Marc pâlit. Il me tendit mes cahiers :

— Je préfère qu'on m'appelle par mon prénom.

Il recula d'un pas et rentra les mains dans ses manches. Je lançai une nouvelle offensive :

— Marc, ce n'est pas drôle ! Pourquoi tu m'as caché que tu avais une histoire avec Cheyenne ? J'espère que tu as une bonne raison !

Plusieurs filles de troisième se précipitèrent

dans l'escalier. Je me félicitai d'avoir cette conversation dans un endroit aussi fréquenté. Si Marc était capable de violence, il ne pourrait pas me faire de mal ici.

— J'avais plusieurs bonnes raisons, répondit-il. Premièrement, c'est l'expérience la plus humiliante de ma vie, et deuxièmement, je n'avais pas spécialement envie que Trey Prescott me casse la figure. Je l'ignorais à l'époque, mais Cheyenne sortait avec lui l'an dernier, au moment de... de cette affaire.

— Et c'est tout ? C'est juste pour ça que tu ne m'en as pas parlé ?

Je repensai à toutes les fois où nous avions évoqué ensemble Billings et la mort de Cheyenne.

Marc me dévisagea longuement :

— Quoi ? Tu crois que je l'ai tuée ?

— Non ! mentis-je. Non, bien sûr que non !

Pas question de lui avouer la vérité. S'il était coupable, je ne voulais pas qu'il devine que je le soupçonnais. Et s'il ne l'était pas... même combat. De plus, accuser sans preuve était lamentable. J'étais bien placée pour le savoir.

— Si, tu le crois !

Marc s'appuya à la balustrade. Il me fixa encore quelques secondes avant d'éclater de rire. Ce qui me parut déplacé, vu les circonstances.

— Bon... En même temps, ce serait hypocrite de t'en vouloir.

— Quoi ? Pourquoi ?

Décidément, ce type était bizarre.

Marc ouvrit son sac et en sortit un bloc-notes jaune, qu'il me tendit en soupirant. En haut de la première page était griffonné le mot : *Suspects*.

Je le regardai, médusée :

— Tu enquêtes sur la mort de Cheyenne ?

— Ouais. Je me suis dit que ça ferait un bon article, avoua-t-il.

Il haussa les épaules :

— Qui sait ? Je pourrai peut-être le vendre à un vrai journal...

Je parcourus rapidement la page, curieuse de voir s'il avait tiré des conclusions originales. Hélas, sa liste était presque une copie conforme de la mienne. À deux exceptions près : mon nom et celui de Noëlle étaient inscrits tout en bas. Celui de Noëlle avait été biffé. Pas le mien.

— Désolé, je ne pouvais pas faire de favoritisme.

Marc sortit un bonnet de laine marron de son sac et l'enfila. Je sentis la moutarde me monter au nez et résistai à l'envie de lui jeter son bloc-notes à la figure. Ç'aurait été injuste : je l'avais soupçonné, moi aussi.

— Je comprends, dis-je en lui rendant son bloc. D'ailleurs, moi aussi, j'ai fait des recherches.

Les sourcils de Marc dessinèrent des accents circonflexes :

— C'est vrai ? Tu as une liste ?

Je fouillai dans mon sac jusqu'à ce que je retrouve le papier sur lequel j'avais recensé mes suspects. Marc le parcourut avec une grimace :

— C'est drôle... Tu es sur ma liste et je suis sur la tienne. Deux fois, en fait.

J'avais ajouté le nom de Marc après avoir visionné la vidéo de James ; cependant, il pointait du doigt les initiales S.O.

— C'est toi, S.O. ? demandai-je, sidérée.

— Ouaip.

J'en restai sans voix. Je savais que Trey avait soupçonné Cheyenne de le tromper avec un certain S.O., et je savais aussi que Marc avait poursuivi Cheyenne de ses assiduités, en vain. Mais de là à imaginer que c'était la même personne...

— Je ne comprends pas, avouai-je. Pourquoi S.O. ?

Marc haussa les épaules :

— C'est une astuce courante quand tu veux

masquer ton identité. La dernière lettre de ton prénom et la dernière de ton nom.

Il sortit de ses poches une paire de gants en cuir élimés, qu'il enfila.

« S.O. Marcellus Alberro. » C'était tellement évident que j'en aurais hurlé. Est-ce que le chagrin et la paranoïa empêchaient mon cerveau de fonctionner correctement ?

— Pour info, ce n'est pas moi le coupable, dit Marc. Je n'étais même pas sur le campus ce soir-là. Mon frère est venu de Miami et on est allés en boîte à New York. Il a terminé complètement stone et j'ai dû le traîner par les aisselles jusqu'à un taxi pour l'emmener à l'hosto. C'était hyper fun, ajouta-t-il, sarcastique. Les flics le savent et ils ont vérifié mon alibi.

Tiens, tiens... Apparemment, la police avait été plus méticuleuse que je ne l'imaginais.

— Moi non plus, je ne suis pas coupable, dis-je. Mais je n'ai pas le commencement d'un alibi.

— Je te crois. Je doute que tu enquêterais sur la mort de Cheyenne si tu l'avais tuée, me dit Marc en rangeant son bloc. Tu veux bien rentrer, maintenant que tu es rassurée ? plaisanta-t-il. Ça pèle, ici.

— D'accord, dis-je, piteuse.

Je n'arrivais pas à croire que je m'étais

enfuie devant lui quelques minutes plus tôt. Cette histoire me rendait totalement parano.

Marc monta les marches de la bibliothèque. Après avoir inspiré une grande goulée d'air frais qui emporta mes derniers soupçons, je lui emboîtai le pas :

— Encore une question. Comment tu as eu les moyens d'acheter autant de roses ?

— J'ai claqué tout le salaire de mon job d'été, dit Marc avec une grimace. J'ai cru que ma mère allait sauter dans le premier avion pour m'étrangler quand elle s'en est aperçue.

Je sifflai doucement. Il avait dû être vraiment amoureux de Cheyenne pour prendre ce risque. Soudain, je me mis à la haïr. Quelle peste de l'avoir traité ainsi !

— Alors, si tu me disais ce que tu as découvert ? suggéra Marc.

— Toi d'abord. Tu as décidé que Noëlle était innocente ?

Même si j'en étais intimement convaincue, j'étais curieuse de savoir comment Marc avait abouti à cette conclusion.

— Ouais. Elle a passé toute la nuit sur un bateau croisant dans la baie de Manhattan, pour je ne sais plus quel gala de charité.

Il descendit la fermeture éclair de son manteau en entrant dans le hall :

— Il y a des photos et tout. Ça la met complètement hors de cause.

Intéressant. Dommage qu'Ivy ne soit pas là pour l'entendre.

— Franchement, je dois t'avouer qu'elle était ma suspecte numéro un jusqu'à ce que je tombe là-dessus, chuchota Marc. Je suis presque déçu.

Malgré mon air outré, il enchaîna :

— Après ce qui s'est passé l'an dernier avec Ariana et Thomas Pearson, Noëlle me paraissait un choix évident. Ça, plus le fait qu'elle est revenue à Easton juste après la mort de Cheyenne, qu'elle a récupéré sa chambre, pris le pouvoir à Billings...

— Ouais, ouais. Toujours la même rengaine, chuchotai-je en secouant la tête. Mais avoue que c'est tordu ! Ta meilleure amie pète les plombs et toi, tu deviens l'ennemi public numéro un.

Marc eut un petit sourire narquois :

— Alors, qui est le coupable, d'après toi ?

— Ivy Slade, répondis-je à voix basse.

Il hocha la tête, pas surpris le moins du monde :

— Ouais. Elle est en bonne position sur ma liste aussi. Je crois qu'elle détestait Cheyenne, mais je n'ai jamais su pourquoi.

— C'est une longue histoire. Et, clairement, tout l'accuse. J'en ai parlé à la police, mais ils refusent de m'écouter.

Nous prîmes place à l'extrémité d'une table dans le département d'histoire américaine. Les troisièmes assis aux alentours nous jetèrent des coups d'œil effarés. Je les fusillai du regard jusqu'à ce qu'ils rougissent et replongent le nez dans leurs cahiers. Être soupçonnée d'un crime confère une certaine autorité. C'est moins grisant que l'autorité de Billings, mais c'est mieux que rien.

— Ivy ne risque pas de se confier à moi, et je n'ai rien trouvé sur Internet, repris-je en lorgnant vers les ordinateurs.

Grâce à l'écriteau, la place que j'avais réservée était toujours libre. L'écran, passé en mode « économiseur », affichait un logo du lycée bondissant et rebondissant d'un angle à l'autre.

— Tu as essayé Lexis Nexis ? s'enquit Marc en ôtant son bonnet et ses gants.

— Non. C'est quoi ?

Il balança son manteau sur une chaise et s'assit devant l'ordinateur. Debout derrière lui, je le regardai lancer Internet Explorer.

— C'est un moteur de recherche accessible seulement sur abonnement, m'expliqua-t-il. Il est cent fois plus puissant et précis que

Google. En plus, il ne cherche que dans les publications recommandables. Ça t'évite de tomber sur des ragots, ou des trucs genre Facebook. J'ai obtenu un nom d'utilisateur et un mot de passe pendant mon job d'été au *Miami Herald*, et ils fonctionnent toujours.

— Génial !

J'empruntai une chaise à une table voisine et l'approchai du poste informatique. Marc se connecta à Lexis Nexis, composa le nom d'Ivy Slade et appuya sur la touche « Entrée ». Une liste d'articles apparut. Les mêmes que d'habitude : la notice nécrologique d'Olivia Slade et les concours hippiques d'Ivy, que j'avais consultés des dizaines de fois. J'allais grogner de frustration quand je remarquai un lien nouveau, menant au bulletin municipal de la petite ville d'Easton. À côté figurait une photo qui, malgré ses dimensions minuscules, me parut étrangement familière. Mon sang se figea.

— Ouvre celui-là, commandai-je à Marc, soudain tendue.

Il double-cliqua sur le lien et la photo s'afficha à l'écran. C'était celle qu'Ivy avait accrochée au-dessus de son lit, où on la voyait sourire en compagnie de Cheyenne, Noëlle et Ariana. Marc siffla doucement.

— Étrange, commenta-t-il.

— Tu m'étonnes.

— « Des élèves de l'académie d'Easton ont participé au nettoyage du parc Colman le week-end dernier », déchiffra Marc en louchant sur la légende. Je m'en souviens ! J'étais en troisième à l'époque. La ville voulait réhabiliter ce parc laissé à l'abandon et le lycée avait envoyé des élèves pour donner un coup de main. En théorie, c'était basé sur le volontariat, mais les élèves qui s'y sont collés étaient tous plus ou moins sanctionnés pour quelque chose. La moitié de Billings et la moitié de Ketlar y étaient.

— De quand date cette photo ?

— Elle a été prise le... 13 mai, lut Marc.

Un picotement dans les doigts m'avertit que cette date était liée à un autre événement. Le 13 mai. C'était la nuit où Ivy et Cheyenne s'étaient introduites dans la maison de la grand-mère d'Ivy à Boston. Elles avaient déclenché l'alarme et la vieille Mme Slade, terrorisée, avait été victime d'une crise cardiaque. Depuis ce jour, Ivy vouait une haine féroce à Billings.

En somme, ce cliché devait lui rappeler le jour le pire de sa vie. Pour quelle raison perverse l'avait-elle affiché au-dessus de son lit ?

« Euh... Parce qu'elle est dingue ? »

Soudain, la réponse s'imposa à moi. Ivy

conservait cette photo bien en vue afin de se rappeler en permanence pourquoi elle détestait Billings. Afin de se motiver.

Je regardai de nouveau les visages souriants des quatre filles et frissonnai.

L'une d'elles était en prison.

Une autre était morte.

À part Ivy, Noëlle était la seule à être toujours en course.

MLLE MYSTÈRE

— Tu m'as convaincu ! affirma Marc alors que nous sortions ensemble de la bibliothèque, une heure plus tard. Comme suspecte, Ivy tient vraiment la route.

Je venais de lui raconter l'épisode de Boston chez la grand-mère d'Ivy, en précisant le rôle que les filles Billings avaient joué dans cette affaire. Mon récit l'avait captivé.

— Je suis ravie qu'on soit sur la même longueur d'onde, dis-je en rentrant le menton dans mon écharpe. Ça n'empêche qu'il reste une personne sur notre liste.

— Astrid Chou... Ouais, je sais.

Depuis le début, je voulais demander à Marc pourquoi il soupçonnait Astrid, mais nous avions été tellement occupés à parler d'Ivy que l'occasion ne s'était pas présentée. Il s'arrêta au pied des marches et se frotta les bras pour se réchauffer. Une rafale faillit nous emporter.

— Astrid est une fille bizarre, enchaîna-t-il. Cheyenne et elle ont un long passé en commun. En plus, j'ai beau remuer ciel et terre, je n'arrive pas à découvrir pourquoi elle a été renvoyée de Barton l'an dernier.

— Remuer ciel et terre ? C'est-à-dire ?

Marc haussa les épaules :

— J'ai posé la question à au moins cinq personnes de Barton. Ils m'ont tous répondu que son dossier était classé. Je ne sais pas ce qu'elle a fait, mais ça devait être hyper grave.

Ma gorge se serra :

— Tu peux définir ce que tu entends par « hyper grave » ?

— Genre, des violences, répondit Marc, l'air sinistre.

Aussitôt, deux scènes troublantes impliquant Astrid me revinrent en mémoire. Pendant notre dernier match de foot, je l'avais surprise en train de fouiller dans mon sac. Puis, quelque temps après, elle m'avait plus ou moins accusée de vouloir prendre la place de Cheyenne. Je me rappelai aussi ses fréquentes disputes avec Cheyenne, au début de l'année. Et elle avait vraiment flippé quand elle avait appris l'existence du CD Billings.

— Mince, murmurai-je pour moi-même.

Le CD Billings. Qu'est-ce qui m'avait pris de le casser ? Pourquoi n'en avais-je pas fait de copie ? À tous les coups, le motif du renvoi d'Astrid figurait dans son dossier.

— Quoi ? demanda Marc, qui grelottait de froid.

— Rien. Je suis une idiote, avouai-je.

Je m'éloignai d'un pas vif. Si je ne bougeais pas immédiatement, j'allais me changer en statue de glace.

— J'avais un moyen de me renseigner sur Astrid, mais... je ne l'ai plus.

J'avais déjà dévoilé à plusieurs personnes l'existence de ce CD. Mais au moins elles étaient à Billings. Je préférai laisser Marc dans l'ignorance.

— OK, Mlle Mystère ! me taquina-t-il.

Je lui fus reconnaissante de ne pas chercher à en savoir davantage. Il se mit à marcher à mes côtés, me protégeant du vent.

— Et ses amis de Barton ? enchaîna-t-il. Tu n'en connais aucun ? Ils ont peut-être entendu parler de quelque chose. Ce serait un point de départ.

Une pensée me frappa. Je m'arrêtai si brusquement que Marc trébucha. Je ne connaissais personne à Barton. En revanche, Josh...

— Quoi ? Qu'est-ce qui t'arrive ? me demanda Marc.

Je regardai en direction du bâtiment JAM.

— Je viens d'avoir une idée. Je pense à quelqu'un qui pourra peut-être nous aider.

— Qui ça ? se renseigna Marc.

— Je te tiendrai au courant si ça marche.

Sans rien ajouter, je pivotai sur mes talons et pris la direction de JAM. Josh devait être au studio, en train de travailler sur son projet d'arts plastiques. Sans quoi, je le chercherais dans tout le campus s'il le fallait. Il était mon seul espoir.

— D'accord ! On fait comme ça, cria Marc dans mon sillage.

Je ne pris pas la peine de lui répondre. J'étais trop occupée à tenter de contrôler les battements affolés de mon cœur. J'allais voir Josh et, avec un peu de chance, je disculperais mon amie. C'était à peu près les seules informations que mon cerveau acceptait de traiter pour le moment.

PAR ÉLIMINATION

J'étais au milieu de la cour carrée quand une grosse goutte de pluie s'écrasa sur ma joue. Trois secondes plus tard, il pleuvait des cordes. Je pénétrai dans le couloir du bâtiment JAM en claquant des dents, trempée de la tête aux pieds. Deux filles me lancèrent des regards moqueurs et ouvrirent leurs parapluies avant de sortir. Je les oubliai instantanément. J'avais un trac terrible à l'idée de parler à Josh. Il me fallut rassembler tout mon courage pour marcher jusqu'au studio et pousser la porte.

Quelques élèves disséminés dans la salle travaillaient devant des chevalets. Ils levèrent brièvement les yeux et retournèrent à leur travail. Josh fut le seul à m'accorder son attention.

— Je peux te parler ? articulai-je en

silence, hésitant à troubler cette ambiance studieuse.

Il posa son pinceau et s'approcha :

— Qu'est-ce qui t'est arrivé ? On dirait un rat noyé.

— Si on allait dans le couloir ? proposai-je.

Josh acquiesça de la tête et m'emboîta le pas. Je lâchai mon sac par terre contre le mur ; il s'adossa contre la paroi opposée, gardant ses distances. À sa gauche, punaisée sur un tableau d'affichage, une grande affiche colorée annonçait le dîner de Noël. Elle me rappela la banalité du cadeau que je lui destinais. Je chassai cette pensée et me jetai à l'eau :

— Écoute, Josh... Je sais que tu vas me prendre pour une folle, et je sais aussi que tu n'es pas d'humeur à me rendre service...

— C'est au sujet d'Ivy ? me coupa-t-il, sévère.

Il entreprit d'arracher un vieux morceau de scotch sur le cadre du tableau d'affichage. Je pris une grande inspiration. Sa méfiance était prévisible. La dernière fois qu'on s'était parlé, je l'avais mis en garde contre sa petite amie, affirmant qu'il ne la connaissait pas aussi bien que moi. Puis j'avais décampé sans demander mon reste.

— Non. Ce n'est pas ça, lui assurai-je. C'est... Je me demandais si tu étais toujours en contact avec Cole... Tu sais, l'ancien copain d'Astrid ?

Josh et Cole Roget avaient sympathisé à la fête de Noël de Cheyenne, l'an dernier. Je savais qu'ils étaient restés en contact par mail lorsque Cole était parti étudier à Paris au printemps.

Josh soupira et glissa les mains contre le mur du couloir derrière lui. Il semblait mal à l'aise :

— Ouais. Avec mon frère, on l'a retrouvé un soir à Vienne cet été. Pourquoi ?

Je me mordis la lèvre et retins mon souffle, me préparant à une rebuffade :

— Tu pourrais l'appeler pour lui demander s'il sait pourquoi Astrid a été renvoyée de Barton ?

Josh écarquilla les yeux :

— Quoi ?

— Je te promets que j'ai une bonne raison, ajoutai-je précipitamment. Autrement, je ne serais pas venue te trouver.

Josh secoua la tête :

— Non, c'est hors de question ! Qu'est-ce que je lui sortirais ? « Salut, Cole. Tu peux me dire pourquoi ton ex a été renvoyée de Barton. » Tu es fêlée ou quoi ?

Je me décollai du mur et fis un pas vers lui :

— Je sais, c'est fou. Mais j'ai besoin de savoir ce qui s'est passé. Son dossier est classé confidentiel, et je pense...

Je lui décochai un regard implorant :

— Fais-moi confiance. J'ai juste... besoin d'être sûre.

Josh me dévisagea, essayant de comprendre où je voulais en venir. Finalement, il rejeta la tête en arrière, plaqua ses paumes contre son front et grogna :

— Je sais pourquoi elle a été renvoyée, avoua-t-il.

— Tu le sais ? m'étranglai-je. Comment ?

Josh me regarda à travers ses cils. Une boucle était tombée en travers de son front et je dus me faire violence pour ne pas l'embrasser, malgré les circonstances. Pourquoi était-il aussi craquant ?

— Cole m'en a parlé cet été.

Il croisa les bras, coinça les mains sous ses aisselles et laissa son regard errer dans le vague. Il semblait plus que réticent à me confier ce qu'il savait.

— Quoi ? demandai-je d'une voix angoissée. Qu'est-ce qu'elle a fait ?

Josh se gratta la nuque. Son visage avait

pris une teinte rouge brique ; il était clairement embarrassé.

— Josh...

— C'est bon ! Astrid a couché avec son prof d'histoire ! lâcha-t-il à voix basse. C'est pour ça qu'elle a été virée de Barton.

Mon cœur s'arrêta de battre. Astrid et un prof ? Je l'imaginai aussitôt dans les bras du redoutable M. Barber, notre prof d'histoire de cette année. Quelle horreur ! Sauf que c'était une bonne nouvelle. Astrid n'avait tué personne.

Une porte claqua au fond du couloir. Je levai les yeux en même temps que Josh pour découvrir... Astrid en personne. Elle était vêtue d'un ciré rose assorti à son chapeau et tenait un grand carton à dessin serré contre elle. Sa mine déconfite était assez éloquente.

— Ah non, je suis dégoûtée ! s'exclama-t-elle. Comment tu l'as su ?

Josh se redressa, confus. Astrid nous rejoignit en quelques pas. Ses bottes en caoutchouc noires à pois blancs grinçaient sur le parquet.

— Bah, remarque, je m'en fiche, concéda-t-elle. J'espère juste que tu ne vas pas le dire à Trey...

Trey ? Quel rapport ?

— Ne t'inquiète pas. Je garderai ton secret, fit Josh en rougissant de plus belle.

— Excusez-moi. Je crois que j'ai loupé un épisode, intervins-je.

Astrid respira un grand coup et souffla bruyamment. Elle retira son chapeau, ébouriffa ses courts cheveux bruns et lâcha d'une traite :

— Je sors avec Trey depuis la rentrée.

— Quoi ?

Comment n'étais-je pas au courant ? Josh et Trey partageaient leur chambre. Pourquoi Astrid ne m'en avait-elle jamais parlé ? Et Josh ? À l'époque, on était encore ensemble.

— Ouais, je sais..., s'excusa Astrid. Au début, j'ai gardé le secret parce que je ne voulais pas que Cheyenne le sache. Sortir avec l'ex d'une copine, c'est méga interdit, non ?

Ce n'était pas moi qui allais la contredire. Surtout si je me fiais à la réaction de Noëlle quand elle avait appris mes frasques avec Dash.

Josh dansait nerveusement d'un pied sur l'autre.

— Après sa mort, j'avais peur que les filles Billings me prennent pour une salope, alors j'ai continué à me taire, ajouta Astrid.

— C'est pour cela que tu ne voulais pas que je choisisse Trey sur la liste des princes charmants ! lâchai-je sans réfléchir.

À l'époque où les filles Billings se souciaient encore de moi, elles avaient dressé une liste intitulée : « Trouve ton prince charmant », pour m'aider à oublier Josh. Noëlle avait suggéré Trey, mais Astrid s'y était opposée, prétextant que ce serait malsain si je sortais avec l'ex de Cheyenne.

— Autrement, tu aurais été obligée de me dire la vérité.

— « La liste des princes charmants » ? répéta Josh, curieux.

— C'est une longue histoire, éluda Astrid.

Je la remerciai du regard.

— Mais oui, c'est pour ça, enchaîna-t-elle en secouant son chapeau trempé. Et c'est aussi pour ça que j'étais avec Mme Naylor le matin où on a trouvé Cheyenne. J'avais passé la nuit dans la chambre de Trey à jouer en ligne avec les mecs. Naylor m'a surprise au moment où je rentrais à Billings. Elle avait prévu de me passer un savon, mais, avec ce qu'on a découvert, elle a dû oublier.

Astrid fixa ses pieds et je coulai un regard vers Josh :

— C'est vrai ? Vous étiez ensemble cette nuit-là ?

— Ouais. Astrid est une sacrée joueuse. Elle m'a mis minable, concéda Josh.

Il sourit et lui asséna une claque dans le dos, comme à un vieux compagnon de poker.

— Je n'en reviens pas que tu ne me l'aies pas dit, grommelai-je, contrariée.

— C'est ma faute, intervint Astrid. Je lui ai fait jurer le secret.

— C'est bon, je peux y aller maintenant ? s'enquit Josh. J'ai des tonnes de boulot, et...

Mon cœur se serra. Josh avait hâte de me quitter. D'abord, je le mettais en garde contre sa copine, puis je l'obligeais à révéler les secrets d'Astrid. Pour le reconquérir, ce n'était pas la bonne méthode.

— Ouais, c'est bon. Merci.

Il me fit un sourire pincé avant de retourner dans le studio.

— J'aimerais trop vous voir vous réconcilier tous les deux, me confia Astrid.

Elle paraissait tellement sincère que je culpabilisai doublement de l'avoir soupçonnée. Et d'avoir fouiné dans sa vie privée.

— Ouais. Moi aussi.

Je m'adossai contre le mur de briques et tentai de digérer ces nouvelles informations. Il n'y avait que du positif. Astrid était innocente. Elle avait passé la nuit avec Josh et Trey, et Naylor l'avait surprise alors qu'elle regagnait le dortoir en catimini, après la mort de Cheyenne.

En somme, je n'avais plus qu'un suspect sur ma liste. Ivy Slade.

Et ce n'était pas pour me déplaire. Quand cette psychopathe serait derrière les verrous, plus rien ne s'opposerait à ma réconciliation avec Josh.

HALLUCINATION

Je retournai à la bibliothèque dès le dimanche matin. Maintenant que ma liste de suspects s'était réduite à une personne, je me sentais davantage en sécurité. Je pouvais m'offrir un peu de repos. Lâcher mon enquête une journée pour tenter de limiter la casse aux examens.

Visiblement, Ivy aussi avait décidé de se consacrer à ses études. Depuis que j'étais arrivée, elle n'avait pas quitté sa table, derrière le rayonnage à ma droite. Je me levais toutes les demi-heures pour me dégourdir les jambes ou aller aux toilettes, et j'en profitais pour vérifier si elle était toujours là. Tant qu'elle travaillait, elle n'était pas en train de comploter contre Noëlle ou contre moi. Dans l'après-midi, elle changea deux fois de partenaire d'études, consacrant deux heures à Josh (une vraie torture), mais ne quitta pratiquement pas sa chaise. La surveiller était un jeu d'enfant.

Deux heures après le dîner, je saturais complètement. J'avais relu la même phrase une dizaine de fois sans que mon cerveau l'imprime. Il était temps de plier boutique. Enfin, j'étais contente de ma journée. J'avais abattu une quantité de travail étonnante. Finalement, je n'allais peut-être pas échouer aux examens, et c'était tant mieux. Il n'aurait plus manqué que je me fasse supprimer ma bourse.

Je me levai, rassemblai mes affaires et souris à mes rares voisins, recroquevillés sur leurs iPods. Personne ne me rendit mon sourire. Même les losers me battaient froid. Qu'importe. J'avais passé une bonne journée, je n'allais pas me laisser contrarier pour si peu. Après avoir jeté un dernier coup d'œil à Ivy, plongée dans son recueil de littérature anglaise, je quittai les lieux.

J'enfilai mon bonnet avant de m'aventurer avec précaution sur le sentier dallé. Il avait neigé la nuit précédente et la pelouse disparaissait sous dix centimètres de duvet blanc. Sur les sentiers, à force d'être piétinée, la neige s'était changée en glace. Malgré la bonne volonté des équipes techniques, il restait des plaques de verglas ici et là, de vrais pièges pour les élèves distraits. Je progressai à petits pas, les yeux rivés au sol. J'avais déjà parcouru une dizaine de mètres quand je m'aperçus que je m'étais trompée de direction : je marchais vers Billings au lieu d'aller vers Pemberly. Je rebroussai chemin en maudissant mon subconscient. Puis j'entendis de la musique filtrer de mon ancien dortoir. Les lumières du hall et du salon étaient allumées. Quelqu'un avait ouvert une fenêtre au premier étage, laissant filtrer des éclats de rire et l'écho de conversations.

Les filles Billings faisaient la fête ! Je vis Portia et Shelby passer dans le couloir en robes de soirée, une flûte de champagne à la main. Je tentai de me raisonner : « Ne reste pas là, Reed. Ne te torture pas inutilement. »

Mais c'était plus fort que moi : j'étais attirée par Billings comme une junkie en manque. Je traversai une petite étendue de neige vierge pour aller m'accroupir derrière un arbuste. Depuis mon poste d'observation, je voyais la vaste baie vitrée du salon et les petites fenêtres de l'entrée. Et le spectacle que je découvris me mit dans une colère noire.

Elles étaient toutes là. Toutes les filles

Billings, sur leur trente et un. Des feux brûlaient dans les deux cheminées et un arbre de Noël trônait dans un coin du salon. Pendant que je les épiais, Rose commença à distribuer les cadeaux empilés sous le sapin. Un serveur en smoking offrait des petits fours à la ronde. L'atmosphère était paisible, chaleureuse, les filles étaient resplendissantes... Et moi, j'étais là, dans le froid, les pieds trempés, des larmes gelées accrochées aux cils.

Je me rappelai la fête que Cheyenne avait organisée l'an dernier pour Noël. Ce soir-là, pour la première fois, j'avais vu ses bons côtés. Je m'étais enfin sentie acceptée par toutes les filles Billings, et plus seulement par Noëlle, Ariana et Kiran (Taylor était déjà rentrée chez elle, à ce moment-là). Il y a un an, tout ceci faisait partie de ma vie. Cette chaleur, ces réjouissances, cette décadence... De quel droit me l'avait-on confisqué ?

Deux filles, une blonde et une brune, s'approchèrent de la baie vitrée et me tournèrent le dos pour s'asseoir sur le canapé. Mon cœur se changea en bloc de glace. Les cheveux bruns et les cheveux blonds. La robe noire et la robe bleue. Noëlle et Ariana. Que faisait-elle ici ? Pourquoi l'avaient-ils...

Non ! Je fermai les yeux et pris ma tête entre mes mains. Le sang battait dans mes tempes. Cela ne pouvait pas être Ariana. Bien sûr que non !

Lorsque je rouvris les paupières, la fille blonde tourna la tête pour parler à Noëlle. Je recommençai à respirer. Ce n'était pas Ariana. C'était Amberly Carmichael.

Mais pourquoi Amberly s'habillait-elle comme Ariana ? Cherchait-elle à lui ressembler ? Si oui, c'était réussi. Elle portait même un foulard turquoise, l'accessoire favori d'Ariana. Je compris soudain pourquoi j'avais eu cette impression de déjà-vu dans le solarium, pendant qu'Amberly épongeait son manteau taché. Avec ses cheveux lisses, ses tenues plus branchées, elle copiait le look d'Ariana.

Quelle idée ! Pourquoi vouloir ressembler à une meurtrière ? Pensait-elle que Noëlle l'aimerait davantage si elle se métamorphosait ainsi ? C'était absurde.

Amberly se tourna vers la fenêtre. Elle écarquilla les yeux et effleura le bras de Noëlle, comme pour l'avertir. Je bondis de ma cachette et pris mes jambes à mon cou, traversant la cour carrée en diagonale comme une dératée. Pas question que Noëlle me voie plantée, telle une misérable orpheline, sous les fenêtres de mon ancien dortoir.

Cependant, ma fuite éperdue avait aussi une

autre raison. La métamorphose d'Amberly m'avait fichu une trouille bleue. Cette fille était sérieusement dérangée.

Tout bien réfléchi, Ivy n'était peut-être pas la seule personne à surveiller sur ce campus.

ALIBI

Tous les midis, après les cours, les filles de troisième se retrouvaient dans les toilettes du rez-de-chaussée. Elles s'y précipitaient en gloussant et passaient un bon quart d'heure à se refaire une beauté avant de rejoindre la cafétéria. Les autres évitaient ces toilettes comme la peste. Franchement, à Easton, les troisièmes sont une plaie. Elles s'habillent toutes pareil, disent toutes la même chose et se ressemblent comme deux gouttes d'eau. J'étais pressée d'en voir quelques-unes mûrir, développer leur propre personnalité et infuser un peu d'originalité dans le groupe.

Le lundi, je transgressai les règles en pénétrant dans leur repaire. Mon apparition produisit un silence immédiat. Une dizaine de filles étaient plantées devant le long miroir, occupées à se remettre de l'eye-liner ou à se brosser les cheveux. Elles se figèrent toutes à la même seconde, comme une troupe de mime fringuée par un grand couturier.

— Je cherche Lara et... sa copine, annonçai-je.

La salle se vida en un clin d'œil. Il ne resta plus que deux gamines aux airs de lapins acculés par un pitbull. Lara et Anonyme : les deux acolytes d'Amberly. Ou plutôt ex-acolytes. Depuis qu'elle était à Billings, celle-ci s'était affranchie de ses gardes du corps. J'étais bien décidée à profiter de la situation.

— Salut, lançai-je en posant mon sac sur le comptoir, près des lavabos. Détendez-vous, je ne vais pas vous dévorer...

La fille dont j'ignorais le nom avait un minois de petite souris et des cheveux châtain clair, raides comme des baguettes. Aucun signe particulier. Elle me regardait en écarquillant les yeux et s'agrippait au lavabo derrière elle comme si sa vie en dépendait.

— Comment tu t'appelles ? lui demandai-je.

— Kirsten, répondit-elle timidement.

— C'est joli, dis-je en souriant, espérant la mettre à l'aise.

Elle esquissa un petit sourire :

— Merci. Moi aussi, j'aime bien ton prénom.

Lara, brune et légèrement plus grande,

tapota le bras de Kirsten et lui glissa quelques mots à l'oreille.

— Écoutez, je suis au courant des rumeurs qui circulent sur mon compte, mais elles sont ridicules, dis-je en croisant les bras. Et je suis simplement venue vous demander si vous avez des souvenirs de la nuit où Cheyenne a... disparu.

J'avais évité de dire « la nuit où Cheyenne est morte », de crainte de voir Kirsten tomber dans les pommes et s'ouvrir le crâne sur le lavabo.

Les deux filles se regardèrent longuement avant de répondre.

— Ouais..., dirent-elles à l'unisson.

— Est-ce que vous vous rappelez ce que vous avez fait cette nuit-là, et si Amberly était avec vous ? enchaînai-je.

Lara plissa le front, cherchant à deviner où je voulais en venir. Kirsten tomba dans le panneau :

— Ouais, bien sûr. Amberly était avec nous. Amberly est toujours avec nous.

— *Était* toujours avec nous, rectifia Lara, non sans amertume.

Elle s'approcha de moi, me toisant avec méfiance :

— Pourquoi cette question ?

Aïe. Elle était moins naïve que je ne l'avais

supposé. Je réfléchis à toute vitesse et me rappelai qu'elle bossait au journal avec Constance :

— J'aide un ami à faire un article. Tu connais Marc Alberro ?

Lara se détendit un peu :

— Marc ? Ouais.

— Il travaille sur un article de fond et, pour ça, il a besoin de savoir où se trouvaient plusieurs personnes-clés le fameux soir. Je lui ai proposé de l'aider à faire les interviews, improvisai-je.

Je me tournai vers Kirsten pour échapper au regard inquisiteur de Lara :

— Donc, vous étiez ensemble, toutes les trois ?

— Ouais. Je m'en souviens très bien, affirma Kirsten. C'est le soir où on a essayé un nouveau DVD de gym.

Elle prit un gloss à lèvres dans son sac et regarda Lara dans le miroir :

— Un truc de Pilates... On a eu les abdos en compote pendant des jours. Et plus tard, au milieu de la nuit, Amberly a renversé une bouteille d'eau qu'on avait laissée traîner. Ça nous a réveillées et tu lui as lancé ton ours en peluche à la figure. Tu t'en souviens, Lara ?

— Kirsten ! gronda l'intéressée.

Elle me regarda en rougissant :

— Je n'ai pas d'ours en peluche.

Je me retins de rire.

— Amberly a renversé une bouteille d'eau au milieu de la nuit, répétai-je. En revenant des toilettes, ou...

Lara croisa les bras :

— Ouais. En revenant des toilettes.

— Mais non ! s'écria Kirsten. Elle était sortie, rappelle-toi ! Elle avait disparu pendant des heures. Elle est revenue dans la chambre au petit matin.

Elle réfléchit encore et interpella son amie :

— Je n'en reviens pas que tu aies oublié. Tu étais tellement furieuse !

J'étais captivée par leur échange. Ainsi, Amberly avait disparu pendant des heures et Lara essayait de la couvrir. Son amie était-elle allée dans un endroit compromettant ? Aurait-elle eu le temps de...

— Ce n'était pas le petit matin, Kirsten ! Il était à peine deux heures, rectifia Lara. Je m'en souviens parce qu'il faisait encore nuit et qu'on a dû allumer pour éponger la flaque d'eau.

À deux heures du matin, Cheyenne était encore en vie. Elle n'était rentrée à Billings qu'aux environs d'une heure trente, après avoir passé un long moment dans le bureau du directeur. À son retour, nous nous étions disputées. Je me souvenais que le médecin avait estimé l'heure de son décès à quatre heures du matin. Autrement dit, Amberly avait regagné son lit depuis longtemps quand Cheyenne était morte. Sauf si Lara se trompait. Ou si elle mentait. N'empêche, j'aurais bien aimé savoir où Amberly était allée en pleine nuit. Encore un mystère.

— Vous êtes sûres qu'il était deux heures du matin ? insistai-je.

— Sûre ! dit Lara. Kirsten a toujours tendance à exagérer.

— C'est vrai, gloussa l'intéressée.

— Bon... eh bien, merci, les filles. C'est tout ce que je voulais savoir.

Je récupérai mon sac et me dirigeai vers la porte. Avant de sortir, je lançai par-dessus mon épaule :

— Passe le bonjour à ton ours en peluche de ma part !

Je m'éloignai en souriant. Ces derniers temps, un rien m'amusait.

MÉTAMORPHOSE

Le mardi midi, je déjeunai à la cafétéria en compagnie de Diana, Shane et Sonal. Les trois filles s'interrogeaient mutuellement sur leur vocabulaire de français. Comme cela ne me concernait pas, je fis la sourde oreille et fixai le vide devant moi. Ou, plus exactement, les filles Billings.

Noëlle et Amberly étaient assises face à face à l'extrémité de leur table, du côté de l'allée centrale. Noëlle occupait sa chaise habituelle. Amberly, celle qui m'était réservée autrefois : l'ancienne place d'Ariana. Elle avait les cheveux attachés en queue de cheval et portait une chemise blanche sous un gilet turquoise, avec une jupe grise. Un foulard bleu clair complétait sa tenue. Si je la regardais en plissant les yeux, j'avais impression de voir Ariana. Étais-je la seule à avoir remarqué cette transformation ? La seule à m'en inquiéter ?

— Les filles, vous ne trouvez pas qu'Amberly a changé ces derniers temps ? lançai-je à la cantonade.

Mes camarades interrompirent leurs révisions pour réfléchir.

— Tu parles de sa transformation de chipie lèche-cul en pétasse autoritaire en moins d'une semaine ? répondit Shane en mordant dans son sandwich. J'admets que c'est un record, même pour Easton.

Diana et Shane pouffèrent. Sonal plaqua une main devant sa bouche pleine.

— Oui, ça. Et... vous ne trouvez pas qu'elle s'habille différemment ?

D'un même mouvement, les trois filles se tournèrent vers la table Billings. Diana haussa les épaules :

— Elle est toujours aussi BCBG. Je parie qu'elle possède un gilet à torsades dans toutes les couleurs de l'univers.

— Pourtant, les filles de Seattle ont la réputation d'être plus... nature, commenta Sonal en balançant ses longs cheveux bruns derrière son épaule.

— Personne n'a dû la briefer, ironisa Shane.

— Mais vous n'avez pas l'impression

qu'elle cherche à ressembler à quelqu'un d'autre ? tentai-je.

Elles examinèrent de nouveau l'intéressée.

— À Laura Bush ? suggéra Shane.

Elles éclatèrent de rire à l'unisson avant de reprendre leurs révisions. Je n'insistai pas. J'avais peut-être cette impression parce que j'avais connu Ariana mieux qu'elles. Ou alors je me faisais un film. La mort de Cheyenne m'avait-elle perturbée au point de me donner des hallucinations ?

J'allais retourner à mon déjeuner quand je vis James, l'ex de Kiran, passer devant Noëlle avec son plateau. Elle lui adressa quelques mots que je n'entendis pas, mais qui déclenchèrent une explosion de rires à sa table. James, rouge betterave, marqua un temps d'arrêt. Je crus qu'il allait lui balancer une repartie sanglante. Je l'encourageai en pensée. J'aurais adoré qu'il riposte. Mais il se contenta de rentrer la tête dans les épaules et poursuivit son chemin.

Noëlle sourit, contente d'elle, et but une gorgée d'eau. Soudain, le souvenir de la scène abjecte à laquelle j'avais été mêlée l'an dernier me revint en mémoire. Je revis comme si c'était hier l'air terrifié de Kiran quand Noëlle, ayant appris leur liaison, l'avait obligée à rompre. Je me rappelai mon écœurement quand elle m'avait chargée de l'annoncer à James. Même si j'avais fini par adorer Noëlle, j'espérais qu'elle subirait un jour ce genre d'humiliation, pour comprendre quel effet cela faisait.

Je regrettais plus que jamais d'avoir détruit le CD Billings. Ç'aurait été l'instrument parfait pour faire du chantage à Noëlle et l'obliger à m'écouter. Si elle entendait ma version, peut-être accepterait-elle de me rendre ma place à Billings ? Pourquoi fallait-il toujours que j'agisse sans réfléchir ?

Et soudain, illumination : j'aurais pu faire une copie du disque. Ce n'était pas le cas, bien sûr, mais rien ne m'empêchait de faire croire à Noëlle que j'avais toujours accès à ces informations compromettantes. Pour la première fois depuis qu'elle m'avait chassée de Billings, je sentis mon espoir renaître. C'était vertigineux.

CHANTAGE

Je décidai de mettre mon plan à exécution le plus tôt possible, avant de me dégonfler. Le problème, c'est que Noëlle n'était jamais seule. Si je voulais qu'elle m'écoute, c'était indispensable. J'étais convaincue qu'elle ne céderait pas un pouce de terrain en public. Ce serait interprété comme une preuve de faiblesse de sa part, et elle ne pouvait pas se le permettre.

Le soir même, je téléphonai à Sabine pour lui demander de surveiller Noëlle. Si jamais elle quittait Billings seule, mon amie devait me prévenir. Chose étonnante, Sabine ne me demanda pas d'explications. Elle supposait sans doute que je voulais implorer Noëlle de me rendre ma place à Billings. Elle avait raison sur l'objectif, mais se trompait sur la méthode.

Sabine m'appela dès le lendemain matin,

aux aurores. Réveillée en sursaut, je cherchai mon téléphone à tâtons.

— Allô ? fis-je d'une voix rauque, les yeux encore embués de sommeil.

— Noëlle et Amberly viennent de partir pour le Coffee Carma. Elles ont rendez-vous avec leur *party planner* afin de choisir la déco de la salle pour le pré-anniv de Kiran, me confia Sabine à voix basse. Noëlle n'est pas seule, mais presque. Tu n'auras peut-être pas de meilleure occasion avant longtemps.

— Merci ! dis-je en repoussant mes couvertures.

— Bonne chance !

J'enfilai à la hâte un jean et un pull noir à col roulé, puis je me fis une queue de cheval avant de foncer dans la salle de bains. Je m'aspergeai le visage d'eau froide et regardai mon reflet. J'avais les traits tirés, une mine de papier mâché. Tant pis, il me faudrait faire avec. Je pris mon sac Chloé, enfilai mes bottes et quittai le dortoir.

Le campus était gris et froid, quasiment désert. Des milliers de pas avaient foulé la neige. Juste avant d'entrer dans Mitchell Hall, je croisai M. Cross qui faisait sa petite promenade matinale. Mon cœur tambourinait de plus en plus fort à mesure que j'approchais du solarium. J'inspirai une grande goulée d'air frais dans l'espoir de m'éclaircir les idées. Pour avoir une chance de remporter cette manche, je devais paraître sûre de moi.

— Je verrais bien des couleurs vives, hyper flashy, disait Noëlle lorsque je poussai la porte.

Les hauts plafonds décuplaient le volume de sa voix, la renvoyant en écho dans la salle vide. Amberly et la décoratrice marchaient derrière elle le long du mur, côté fenêtres. Noëlle, toujours très classe, portait une robe en maille noire, des collants et des bottes noires. Amberly arborait quasiment la même tenue, en blanc. Agrémentée d'un foulard bleu, évidemment.

— Les guirlandes lumineuses blanches me sortent par les yeux. On en a trop vu ! Je veux du rose vif, du rouge et du violet. L'idée, c'est de faire une fête glam. Hyper sensuelle.

— Formidable ! approuva la décoratrice en griffonnant sur son bloc-notes.

C'était une grande femme souple aux cheveux roux coupés très court, le nez chaussé de petites lunettes carrées. Enserrée dans un pantalon pattes d'eph vert pomme, sa taille avait la circonférence d'une canette de coca.

— Ça va être mortel ! s'exclama Amberly.

Noëlle lui lança un bref regard d'avertissement. Je lisais dans ses pensées : « Quelle maladresse ! »

Je constatai avec plaisir qu'Amberly n'était pas parfaite à ses yeux.

Sur ces entrefaites, l'employée au comptoir du Coffee Carma alluma la machine à mousse. Le bruit attira l'attention du trio. Elles se tournèrent ensemble et m'aperçurent.

— Tiens, ma persécutrice ! fit Noëlle en me toisant avec mépris.

La décoratrice ouvrit des yeux ronds et porta machinalement une main à son cou, orné d'un gros collier de perles. Preuve que la réputation d'Easton, capitale du meurtre, n'était plus à faire. À sa décharge, je devais avoir l'air un rien féroce, armée de mes résolutions.

— Franchement, Reed, ça devient pathétique, me lança Amberly. Si tu es venue quémander une invitation, tu peux aller te recoucher.

Noëlle et Amberly éclatèrent de rire et se tournèrent vers les fenêtres. La décoratrice leur emboîta le pas, évoquant les problèmes que posaient les baies vitrées et proposant des moyens d'y remédier.

— Noëlle, ça suffit ! J'ai absolument besoin

de te parler, dis-je d'une voix forte. C'est une question de vie ou de mort !

Noëlle secoua la tête avec lassitude :

— Pourquoi faut-il toujours que tu sois aussi théâtrale, Lèche-vitres ?

Excédée, je fonçai vers elle, la pris par le bras et l'entraînai de force à l'écart des deux autres.

— Hé ! Qu'est-ce que tu fabriques ? s'étrangla Amberly.

Prise au dépourvu, Noëlle trébucha. À peine avait-elle retrouvé l'équilibre qu'elle se dégagea. Elle lissa sa robe en fulminant :

— J'ai rêvé ou tu m'as touchée ?

— Désolée, il faut absolument que tu m'écoutes, dis-je à voix basse. Est-ce que tu as lu mes mails, au moins ?

Amberly nous avait presque rejointes. Noëlle l'arrêta d'un geste. Amberly hésita brièvement avant de rebrousser chemin de mauvaise grâce.

— Non, répondit Noëlle. Tes petites missives sont parties direct à la corbeille.

Je pinçai les lèvres, contrariée :

— Tu n'aurais pas dû. Je...

— Tout va bien, mademoiselle Lange ? s'enquit la jeune femme.

— Parfaitement bien, répondit Noëlle en

levant une main. Je n'en ai pas pour longtemps. Profitez-en pour parler d'arbres de Noël. Je veux du faux, rien que du faux ! Peut-être des plumes...

Elle reporta son attention sur moi. Ses yeux exprimaient un profond ennui :

— Vas-y, je t'écoute. Même si j'ai du mal à voir ce qui pourrait être à ce point important.

— Je crois qu'Ivy a tué Cheyenne, lâchai-je. En fait, j'en suis sûre à 99 %. Et j'ai peur que tu sois la prochaine sur sa liste...

« Ou alors c'est moi », complétai-je en pensée.

La peur me vrilla l'estomac lorsque je me rappelai les pilules et la photo défigurée de Cheyenne et moi. Mais je me gardai d'y faire allusion. Pour conserver l'attention de Noëlle intacte, il fallait lui parler d'elle, et seulement d'elle.

Elle éclata d'un rire incrédule qui résonna dans toute la salle :

— Ivy Slade ? Elle n'aurait jamais assez de cran. Bien tenté, Lèche-vitres, mais ça ne prend pas.

Elle me tourna le dos. Sa réaction était prévisible, mais néanmoins désespérante. Pourquoi refusait-elle d'admettre qu'elle était en danger ?

— OK, laisse-moi reformuler, dis-je sur le

ton condescendant qu'elle m'avait si bien enseigné...

J'étais convaincue que c'était le seul moyen de la faire réagir :

— Si je te disais qu'elle vous en veut à mort, à Cheyenne, Ariana et toi, de l'avoir laissée seule avec sa grand-mère agonisante quand vous étiez en seconde ?

Noëlle pivota brusquement. Je ne l'avais jamais vue réagir de façon aussi viscérale. D'habitude, elle prenait le temps de réfléchir, de se refaire une contenance.

— Qu'est-ce que tu sais de cette histoire ? me demanda-t-elle en pâlissant.

Je savourai mon triomphe. Enfin. J'avais enfin réussi à la faire douter. À percer sa cuirasse. Et ce n'était qu'un début.

Je baissai la voix et m'approchai d'un pas :

— Je sais tout. Je sais surtout qu'Ivy vous tient pour responsables, Ariana, Cheyenne et toi, de la crise cardiaque, puis de la mort de sa grand-mère.

Noëlle cligna des paupières. Quand elle les rouvrit, ses yeux trahirent un sentiment nouveau chez elle : la peur. Je touchais au but.

— Tu ne trouves pas ça bizarre ? enchaînai-je. Ivy revient au lycée et, moins d'un mois après son retour, Cheyenne est assassinée. Ariana est enfermée dans une institution, alors elle ne risque rien. Mais toi... tu es ici. Et tu es la prochaine sur la liste.

— Pourquoi tu fais ça ? me demanda Noëlle.

Sa voix était assurée, mais ses yeux toujours emplis de crainte :

— Pourquoi tu essaies de me faire peur ?

— Ce n'est pas mon intention, me défendis-je. J'essaie simplement de t'avertir. Pour te protéger.

Noëlle me fixa longuement. Un bref instant, je crus qu'elle allait fléchir. Accepter l'idée que j'étais toujours son amie, que nous avions besoin l'une de l'autre. Qu'une erreur d'un soir ne pouvait pas tout gâcher. Mais soudain son expression se durcit.

— Hé attends ! Laisse-moi deviner : tu as besoin de revenir vivre à Billings pour me protéger convenablement, c'est ça ?

Elle laissa échapper un petit rire incrédule :

— Tu te raccroches vraiment à des brins de paille, Reed. Fais-moi plaisir, arrête de ramper. Ça te va très mal.

— Noëlle...

— Je n'ai pas besoin que tu me protèges, Lèche-vitres ! Je n'ai besoin de rien venant de toi, compléta-t-elle en croisant les bras. Tu sais ce que je pense ? Tu t'ennuies tellement à Pemberly que tu t'inventes des histoires à dormir debout pour passer le temps.

Elle me décocha un sourire plein de sous-entendus. Elle savait que je l'avais observée par la fenêtre dimanche soir. Elle me trouvait pathétique.

— Je n'invente rien, insistai-je, désespérée. Je suis vraiment inquiète pour toi.

— Eh bien, merci pour l'info, répondit-elle d'un ton guilleret. Je ferai attention aux losers qui me proposent des pilules.

Sur ces mots, elle se tourna de nouveau pour partir. Je compris ce qu'il me restait à faire. Cela me répugnait, mais je n'avais pas le choix. L'heure du chantage était venue.

— Tu te trompes, affirmai-je. Tu as besoin de moi, au contraire.

Noëlle laissa ses épaules s'affaisser dans un geste théâtral :

— Vraiment ? Et pourquoi ? Tu veux m'initier aux joies de la course automobile ?

— Une allusion à mes origines. Tellement prévisible ! rétorquai-je, sarcastique.

Je laissai ostensiblement tomber mon sac Chloé sur une table :

— Tu te rappelles le CD que j'ai reçu avec ce sac ?

Noëlle hésita. Je compris qu'elle avait

mordu à l'hameçon. Elle ne s'attendait pas à ça.

— Oui, dit-elle lentement. Tu l'as détruit sous mes yeux.

Je plongeai mon regard dans le sien et priai pour qu'elle avale mon mensonge.

— Tu me prends pour une idiote ? J'en ai gardé une copie.

Elle scruta mon visage. Je soutins son regard sans ciller.

— Je l'ai toujours, Noëlle, affirmai-je. Si ça me chante, je peux balancer ces infos à tout le lycée, et même aux parents et aux anciens élèves. Dévoiler tes petits secrets et ceux de tes sœurs de Billings, pour que tout le monde en profite.

L'expression de Noëlle était un mélange de surprise et d'incrédulité. Je la tenais. Elle était piégée.

— Tu essaies de me faire du chantage ? demanda-t-elle joyeusement. C'est trop mignon !

OK. J'avais crié victoire trop vite. Sa remarque me déstabilisa. La situation m'échappait. Mais je ne pouvais pas capituler déjà.

— Laisse-moi revenir à Billings, dis-je à voix basse. Laisse-moi revenir, ou je te jure que le ferai. J'enverrai les fichiers à tous les gens que je connais.

Noëlle plissa les yeux :

— Vas-y, je t'en prie. Mon dossier ne contient rien d'embarrassant. Quant aux autres, si elles ont des squelettes dans le placard, c'est leur problème. Vas-y, balance tes merdes. Les conséquences risquent d'être amusantes.

— Tu préfères que tes amies soient humiliées, voire effondrées, plutôt que de me laisser revenir à Billings ? interprétai-je, incrédule.

Noëlle sourit lentement et mon cœur sombra.

— Oui, Reed. Tu as parfaitement compris.

ULTIMATUM

Je n'arrivais à rien. Avec Noëlle, avec Josh, et même avec mon travail scolaire. Tout ce que j'entreprenais finissait par capoter. Le soir, installée à une table au rez-de-chaussée de la bibliothèque, je fixai pendant une heure le rayonnage devant moi. Je ne faisais même pas semblant de travailler. J'étais totalement incapable de me concentrer.

Noëlle ne me laisserait jamais revenir à Billings. Josh ne me laisserait jamais revenir dans sa vie. Et personne, à part Marc, ne prenait au sérieux mes soupçons concernant Ivy. Dans ces conditions, cela m'était égal de me planter aux examens ! À quoi bon m'acharner à étudier ici ?

— Salut, Reed !

Sabine s'assit en face de moi et jeta un coup d'œil sur mon cahier :

— De l'anglais ? Super ! Je suis complètement larguée en anglais. Tu veux bien qu'on bosse ensemble ?

Je regardai son visage ouvert et soupirai :

— D'accord. Mais, avant, j'ai besoin d'un petit remontant. Je vais me chercher une barre au chocolat. Tu veux quelque chose ?

— Non, merci, dit-elle joyeusement.

Essayait-elle de me remonter le moral par osmose ? Pour l'instant, ça ne fonctionnait pas. Mais j'appréciais le geste.

Je longeai le mur jusqu'à l'alcôve où étaient installés les distributeurs automatiques et j'attendis qu'un garçon au visage couvert d'acné fasse son choix. Une fois servi, il se retourna, sursauta en me reconnaissant et fila à reculons. Quel imbécile ! Je secouai la tête et insérai des pièces dans la machine :

— Salut, Lèche-vitres !

Amberly Carmichael venait de pénétrer dans l'alcôve, vêtue d'un long pull blanc à col de fausse fourrure. Elle s'appuya contre le distributeur, si près de moi que je sentais son haleine mentholée. Elle me regarda en plissant les yeux. Même de près, sa ressemblance avec Ariana était frappante. Angoissante.

— Je t'interdis de m'appeler comme ça, lâchai-je entre mes dents.

— Je t'appelle comme je veux, riposta-t-elle. Tu es devenue tellement insignifiante... Tu me ferais presque pitié, si tu ne l'avais pas mérité.

Je la fixai sans répondre. Un tel culot me laissait sans voix.

— Écoute, Reed...

Elle avait prononcé mon prénom comme s'il lui polluait la bouche.

— J'ai entendu ce que tu as dit à Noëlle ce matin – entre nous, tu n'es pas très douée pour le chantage. Bref, je suis au courant pour le CD. Et, si tu penses que je vais te laisser divulguer une seule de ces informations, tu te mets le doigt dans l'œil.

J'explosai de rire :

— Sans blague ?

Amberly me décocha un regard froid, furieux. Mon cœur s'arrêta. C'était Ariana tout craché.

— Je ferais n'importe quoi pour protéger mes sœurs de Billings, affirma-t-elle.

Malgré mon trouble, je ne pus m'empêcher de rire de plus belle. Amberly avait beau prendre de grands airs, elle n'était à Billings que depuis quelques jours. J'y avais passé plus d'un an. Elle ne faisait pas le poids.

— Je suis ravie que tu trouves ça drôle, dit-elle. Mais je veux ce disque. Si tu ne me l'apportes pas d'ici demain matin, tu vas le regretter.

— Qu'est-ce que tu vas faire ? ironisai-je. Me lancer un ours en peluche à la tête, comme t'a fait ta petite copine ?

Pendant une fraction de seconde, Amberly parut déstabilisée. Noëlle aurait été fière de moi.

— Merci pour l'avertissement ! lançai-je, hilare. Je ferai attention aux ours en peluche volants.

Je m'éloignai, contente de moi. Elle me retint par le bras et me brandit un papier jaune sous le nez :

— Au fait : la facture du nettoyage à sec.

Ah, la peste !

— Tu n'auras qu'à me rembourser demain en me donnant le CD, dit-elle avec un rictus.

Amberly quitta l'alcôve au moment où Sabine y entrait. Mon amie m'interrogea du regard. Elle avait dû sentir la tension.

— Salut, Sabine ! lui lança Amberly d'un ton détaché.

— Salut, répondit Sabine, hésitante.

Puis, dès qu'Amberly fut partie :

— Que se passe-t-il ?

Elle remarqua le papier jaune que je tenais à la main :

— C'est quoi, ça ?

— La facture du nettoyage à sec.

Le petit papier tremblait dans ma main tellement je bouillonnais de rage.

— Sans blague ? Je croyais qu'elle plaisantait, dit Sabine, incrédule. Tu ne vas quand même pas la rembourser ?

— Euh... Non.

Je chiffonnai le reçu et le fourrai dans ma poche.

— Je ne peux vraiment pas la sentir ! observai-je.

— On est deux.

Sabine me contourna pour glisser des pièces dans le distributeur :

— Finalement, j'ai envie de sucre moi aussi. Qu'est-ce que tu veux ?

— Rien, merci. Ça va.

Je n'avais plus besoin de chocolat. J'avais assez d'adrénaline dans les veines pour carburer pendant une bonne heure. Et, si je revoyais mini-Ariana dans l'intervalle, elle n'aurait qu'à bien se tenir.

REMAKE

Lorsque je me traînai enfin à Pemberly, j'avais le corps moulu et les yeux fatigués. J'étais restée à la bibliothèque beaucoup plus longtemps que prévu. Je sentais encore le contact de ma chaise dans le bas de mon dos. Mes doigts étaient engourdis à force de prendre des notes et mon cerveau saturait d'avoir absorbé autant d'informations en un temps record. Seule bonne nouvelle : j'étais tellement épuisée que j'étais sûre de m'endormir en moins de cinq minutes. Pour une fois, je ne resterais pas des heures allongée à fixer le plafond, à ruminer ma solitude ou à ressasser mes angoisses.

Alors que j'approchais de ma chambre, une odeur familière me chatouilla les narines. Je me pétrifiai et une peur incontrôlable s'empara de moi. Je m'obligeai à respirer par la bouche, en vain. L'odeur était si puissante qu'elle imprégnait mes papilles.

Quelqu'un avait vaporisé dans le couloir le parfum de Cheyenne. L'écœurante fragrance florale de Fleur.

Non. Ça n'allait pas recommencer ! De tous les « cadeaux » que mon persécuteur m'avait laissés, ce parfum était celui qui m'avait hantée le plus longtemps.

Je fixai la porte de ma chambre. À l'étage, quelqu'un écoutait du Bach. Mon crâne se mit à tambouriner en mesure.

« Sauve-toi, Reed. N'entre pas là-dedans. Tu ne sais pas ce qui t'attend. »

Mais je n'avais nulle part où aller.

Je m'approchai de ma porte en tremblant comme une feuille, posai la main sur la poignée glacée, fermai les yeux et prononçai une courte prière. Si seulement j'avais rêvé... Si seulement je pouvais retrouver ma chambre telle que je l'avais laissée...

Je poussai la porte et actionnai l'interrupteur. Un coup d'œil dans la pièce suffit à me faire chanceler. Ma vue se troubla :

— Non !

Le cri m'avait échappé.

— Non, non, non !

Une porte claqua à l'étage. Je sursautai, m'agrippai à la poignée et pressai le visage contre le battant. Pourquoi cela m'arrivait-il à moi ? Pourquoi ?

Mon lit avait été retourné, les couvertures gisaient sur le sol ; les oreillers sortis de leurs taies étaient empilés au pied du lit. Les draps traînaient par terre.

Mais le clou du spectacle était au centre de la pièce, sur le tapis cerise flambant neuf que m'avait offert Sabine. On y avait écrasé des dizaines de pinceaux à blush, qui avaient maculé le tapis de poudre rose et marron.

Je me mis à haleter.

Cheyenne m'avait fait subir le même affront l'an passé, le premier jour de mon bizutage à Billings. Le matin où mes amies m'avaient réveillée aux aurores et obligée à me plier à tous leurs caprices. Cheyenne m'avait commandé de faire son lit, précisant qu'elle aimait ses oreillers bouffants, puis elle avait vidé un pot entier de poudre sur son tapis à fleurs pastel, exigeant que je le nettoie.

Mon dîner remonta dans ma gorge. Je pivotai sur mes talons et fonçai aux toilettes. Je lâchai mon sac dans le couloir et arrachai littéralement mon manteau avant de tomber à genoux sur le carrelage. Juste à temps ! Je vomis en sanglotant tout ce que j'avais avalé ces cinq dernières heures. Heureusement, la salle de bains était déserte.

Après un temps infini, je m'assis sur mes talons et tirai la chasse d'eau. Je m'essuyai la bouche et le nez d'un revers de main, puis séchai mes larmes. J'étais prise de tremblements incontrôlables. Mes tempes m'élançaient. Je voyais flou.

Mon persécuteur avait poussé le bouchon encore un peu plus loin. L'épisode de la poudre était associé dans mon esprit à l'une des pires matinées de ma vie. C'était ce jour-là que j'avais fait la connaissance de Cheyenne, et rien n'aurait pu me la rappeler plus vivement que ces pinceaux à blush. Celui ou celle qui m'avait infligé ce spectacle essayait clairement de me rendre folle.

Et il allait bientôt crier victoire. Mon endurance avait des limites.

Je plaquai les paumes contre le carrelage pour me relever et sortis des toilettes en me raclant la gorge. Et là, comble de l'humiliation, je découvris Ivy debout devant un lavabo. Elle m'accueillit avec un sourire narquois.

— Dégoûtant ! commenta-t-elle. La boulimie, c'est tellement dépassé, Reed ! La prochaine fois que tu veux vomir tes cookies, fais-le dans l'intimité de ta chambre. Les poubelles en plastique sont là pour ça.

Sur ces mots, elle décampa. Je regardai

dans un miroir mes yeux bordés de rouge, mon nez gonflé, et je fus prise d'une nouvelle nausée. Cette fois, Ivy ne pouvait pas être responsable de ce qui m'arrivait. Comment aurait-elle pu savoir ce que Cheyenne m'avait fait subir pendant mon bizutage ? Elle n'était même pas à Easton l'an dernier.

Complètement sonnée, j'empoignai le bord du lavabo et fixai mes yeux terrifiés.

Moi qui étais sûre depuis si longtemps qu'Ivy me persécutait... je n'avais plus qu'à revoir ma copie, et vite ! Les seules à savoir ce qui s'était passé ce matin-là, entre Cheyenne et moi, c'étaient les filles Billings.

RÉSOLUTION

Après avoir lavé le tapis dans le lavabo, refait mon lit et ouvert la fenêtre en grand pour tenter de dissiper le parfum, je me décidai enfin à me coucher. Après quoi, je restai allongée pendant des heures, parfaitement éveillée, à grelotter de froid, trop paniquée pour oser fermer les yeux.

Si Ivy n'était pas la coupable, alors qui ? Qui pouvait m'en vouloir à ce point ? Certes, j'avais plein d'ennemis aujourd'hui, mais, au moment où cette histoire avait commencé, je n'en avais pas. Sauf peut-être Ivy, qui haïssait les filles Billings par principe. Et Ariana, bien sûr, mais elle était sous les verrous. En somme, si ce n'était pas Ivy, ça pouvait être n'importe qui.

Si seulement j'avais pu en discuter avec Noëlle. Elle aurait su quoi faire. Elle m'aurait aidée à démasquer mon persécuteur, à le prendre la main dans le sac, à l'enfumer pour l'obliger à sortir de son terrier... Au moins, elle m'aurait réconfortée.

Mais à quoi bon espérer ? Noëlle ne me pardonnerait jamais. J'étais seule, livrée à moi-même.

Je fixai les moulures du plafond en décrépitude, tandis qu'un millier de pensées me traversaient l'esprit. L'une d'elles revenait plus régulièrement que les autres.

Je devais absolument reconquérir Noëlle. C'était la clé pour régler tous mes problèmes. Pour retrouver ma vie d'avant. Je regrettais de ne pas lui avoir confié dès le départ qu'on me persécutait. Moi et ma maudite fierté ! J'avais eu peur de lui montrer une faille dans ma cuirasse, et voilà où mon orgueil m'avait menée.

À cette heure-ci, j'aurais dû être dans mon lit douillet à Billings, en train de dormir d'un sommeil réparateur. J'aurais dû organiser des fêtes, acheter des cadeaux de Noël extravagants et prévoir mes vacances à Saint Bart.

Au lieu de ça, j'étais allongée seule dans ma chambre minuscule, obligée d'écouter Ivy glousser au téléphone et condamnée à passer de nouvelles vacances dans la morne grisaille de Croton. Sans compter que ma voisine de chambre était peut-être une criminelle qui réfléchissait au moyen d'assassiner sa prochaine victime. Enfin, on pouvait aussi voir le bon côté des choses : pendant qu'elle flirtait au téléphone avec l'amour de ma vie, au moins, elle ne faisait de mal à personne.

Je me tournai sur le côté en grognant. Comment faire pour attirer l'attention de Noëlle ? Pour qu'elle accepte de me prendre au sérieux ? Comment me racheter à ses yeux ? Tout le reste en dépendait. Si je me réconciliais avec elle, je récupérerais ma vie d'avant, mais je pourrais aussi la protéger, peut-être la sauver.

Il était temps d'agir ! Restait à trouver de quelle manière. Je devais montrer à Noëlle à quel point elle comptait pour moi. Dash et moi l'avions humiliée publiquement. Peut-on réparer ce genre de chose ?

Soudain, je m'assis toute droite dans mon lit, tellement excitée que je faillis m'étrangler. La réponse était évidente ! Je n'en revenais pas de ne pas y avoir pensé plus tôt.

Je repoussai mes couvertures et bondis de mon lit pour allumer mon ordinateur. J'avais enfin un plan. Et il allait fonctionner. Forcément !

ROSE ET IVY

Après avoir consigné mon idée lumineuse par écrit, je me recouchai tellement excitée que je ne réussis pas à fermer l'œil avant l'aube. Résultat : le jeudi matin, j'étais complètement dans le gaz. Épuisée à la seule perspective de faire la conversation à mes camarades, j'allai m'asseoir seule à une table de la cafétéria. Je soutins ma tête d'une main et remuai mes céréales dans le lait jusqu'à ce qu'elles deviennent toutes molles, immangeables. J'avais mal aux yeux, à la peau... Même mon cuir chevelu était douloureux. Jamais je ne m'étais sentie aussi fatiguée, aussi désemparée. Jamais, de toute ma vie, je n'avais eu aussi peur.

Mon seul espoir était que mon plan pour reconquérir Noëlle porterait ses fruits, et que mon persécuteur ne frapperait pas de nouveau d'ici là. Je n'étais pas sûre de pouvoir en supporter davantage.

Et si j'échouais ? Que ferais-je alors ? Vers qui me tournerais-je ?

Un rire familier attira mon attention. Je regardai vers la table Billings. Noëlle, la tête rejetée en arrière, riait à gorge déployée. Sa gaieté, son insouciance me firent un coup au cœur. Ne voyait-elle pas combien j'étais misérable ? Était-elle à ce point indifférente ?

Sabine s'avança devant ma table, me barrant la vue.

— Salut, fit-elle timidement. Je peux m'asseoir ?

— Tu ne devrais pas, répondis-je d'un ton morne. Noëlle va te le faire payer.

— Ça m'est égal.

Elle posa son plateau et lissa sa jupe en lainage marron sous ses fesses avant de s'installer :

— Tu es mon amie. Si ça ne plaît pas à Noëlle, tant pis pour elle.

J'étais tellement touchée que mes yeux s'emplirent de larmes. Sabine était la seule amie qu'il me restait. Même Constance ne me parlait que furtivement, quand elle ne risquait pas de se faire surprendre. Je ne lui en voulais pas : Noëlle la terrifiait, comme elle m'avait terrifiée l'an dernier. Mais cela rendait le sacrifice de Sabine encore plus précieux.

— Reed ? Ça va ? Qu'est-ce qu'il y a ? demanda-t-elle, inquiète.

— Non, ça ne va pas, dis-je en fixant mon bol de céréales, des larmes plein la voix. Ça recommence.

Une larme brûlante coula sur le côté de mon nez et alla s'écraser sur mon plateau. J'étais fatiguée. Tellement fatiguée...

— Quoi ? demanda Sabine. Qu'est-ce qui recommence ? Reed, tu me fais peur.

« Tais-toi ! Tu as gardé le secret si longtemps... Pourquoi en parler maintenant ? » fit une voix dans ma tête. « Parce que je suis épuisée, répondis-je en pensée. Parce que j'ai besoin d'aide. Parce que, de toute manière, on me prend déjà pour une folle. »

Je levai les yeux vers Sabine. Elle semblait terriblement inquiète. Je songeai que c'était la seule personne à se soucier de moi à Easton, et cette pensée eut raison de mes dernières réticences.

— Quelqu'un me persécute, chuchotai-je, rouge de honte.

— Quoi ? s'étrangla Sabine. De quoi tu parles ?

— Depuis deux mois, quelqu'un laisse des

trucs dans mes affaires. Des choses en rapport avec Cheyenne, ajoutai-je précipitamment.

Je n'en revenais pas de confier enfin mes angoisses à quelqu'un. Mais, finalement, c'était assez libérateur.

— Il ou elle est entrée dans notre chambre à Billings. Il a laissé des billes noires dans mon tiroir et des fringues de Cheyenne dans ma penderie. Il a mis son parfum dans mon sac le jour de la collecte de fonds et m'a envoyé des mails, comme s'ils venaient de Cheyenne. Des centaines et des centaines de messages. Je crois qu'il a même été récupérer la photo de Cheyenne et moi au fond du tiroir de mon bureau pour l'accrocher sur mon tableau d'affichage. Tu t'en souviens ?

Sabine se mordit la lèvre :

— Non. Quelle photo ?

Découragée, je laissai tomber les mains sur la table, provoquant un vacarme de couverts et d'assiettes.

— Oublie ça. Ce n'est pas important. Le truc, c'est que mon persécuteur est passé à la vitesse supérieure depuis que j'ai emménagé à Pemberly.

Je regardai autour de nous pour m'assurer que personne d'autre ne m'avait entendue, avant de continuer à voix basse :

— Il m'a laissé des pilules : les mêmes que

Cheyenne a utilisées pour se suicider. Enfin, je veux dire : celles que l'assassin a utilisées pour la tuer.

Sabine plaqua une main devant sa bouche :

— Non !

— Si. Et la photo dont je te parlais, celle de Cheyenne et moi... eh bien, il l'a ressortie, et cette fois il a dessiné des croix sur nos visages. Et, hier soir, il a mis ma chambre sens dessus dessous. Il a défait mon lit, puis il a mis en scène un truc, une vacherie que Cheyenne m'a faite l'an dernier...

Je m'arrêtai un instant pour reprendre mon souffle. À une table voisine, quelqu'un éclata de rire. Un verre brisé provoqua un bref tonnerre d'applaudissements. Je me rappelai soudain où je me trouvais. J'étais tellement concentrée sur mon récit que je l'avais oublié.

— Je ne veux même pas retourner dans ma chambre, avouai-je en guise de conclusion.

Sabine resta silencieuse un long moment. Renversée sur le dossier de sa chaise, elle fixait la table, immobile, comme pour digérer la nouvelle.

— Je n'arrive pas à le croire, dit-elle enfin. Pourquoi tu ne m'en as pas parlé avant ? Cette personne est peut-être dangereuse...

— Je ne voulais pas que tu me prennes pour une folle, me défendis-je en jouant avec mon verre d'eau. J'ai cru que je pourrais gérer ça toute seule. Ou que ça s'arrêterait. Mais ça ne s'est pas arrêté. Ça n'a fait qu'empirer.

Sabine repoussa son plateau et croisa les bras :

— Et tu n'as pas la moindre idée de qui ça peut être ?

— Non. Je croyais le savoir, mais...

Sabine glissa une mèche rebelle derrière son oreille et me fixa intensément.

— Ça va peut-être te paraître bizarre..., commença-t-elle avec hésitation. Mais... tu as pensé à Ivy ?

Ce fut comme si une main s'était enfin tendue pour m'empêcher de tourbillonner indéfiniment sur moi-même.

— Pourquoi ? Tu sais quelque chose ? demandai-je.

Sabine jeta un coup d'œil par-dessus son épaule avant de se pencher vers moi :

— Sur le moment, je n'en ai rien pensé de spécial, mais j'ai croisé Ivy à Billings le matin de la collecte de fonds.

Les poils de ma nuque se dressèrent :

— À Billings ? Tu veux dire dans le dortoir ?

Sabine acquiesça :

— J'ai cru qu'elle rendait visite à Rose. En tout cas, elle sortait de sa chambre. Comme je savais qu'elles étaient amies, ça ne m'a pas paru bizarre. Mais maintenant... C'est une sacrée coïncidence, non ? Elle a parfaitement pu glisser le parfum de Cheyenne dans tes affaires à ce moment-là.

Je réprimai un frisson et tentai de réfléchir de façon rationnelle. Rose. Se pouvait-il que Rose ait laissé Ivy entrer à Billings pour commettre ses forfaits ? Qu'elle l'ait aidée à me torturer ? Elle était dans la chambre quand Cheyenne m'avait fait le coup du pinceau à blush. C'était la seule de nos camarades à avoir assisté à la scène. De plus, elle était toujours amie avec Ivy. La preuve : Portia et elle avaient suggéré de réitérer son invitation à Billings au début de l'année.

Mais non, ça ne collait pas. Pourquoi cette fille adorable aurait-elle voulu me persécuter ? À moins que... Elle était très proche de Cheyenne. Me reprochait-elle d'avoir poussé son amie à bout ? Avait-elle décidé de me punir ? Me jugeait-elle coupable de son renvoi ?

— Où est-elle ? demandai-je en regardant la table Billings. Il faut que je lui parle.

Sabine planta sa fourchette dans un morceau de melon avant de répondre :

— Rose ? Tu n'es pas au courant ?

— Au courant de quoi ? demandai-je, la gorge nouée.

— Elle est rentrée chez elle hier matin, répondit Sabine. Elle a une mononucléose, ou un truc dans le genre. Ils l'ont renvoyée parce que c'est contagieux.

— Une mononucléose ? répétai-je, consternée.

Pile au moment où j'allais la démasquer, Rose avait plié bagage ! Si ce n'était pas une coïncidence troublante, ça ! Mon pouls s'emballa. Ainsi, les coupables étaient Rose et Ivy...

Mais pourquoi ?

— Reed, tu devrais aller trouver la police, dit Sabine, soudain très sérieuse. Si quelqu'un te persécute, c'est grave !

Je haussai les épaules :

— Les flics ne me prendront pas au sérieux. Je leur ai déjà suggéré d'enquêter sur Ivy et ils ne font rien. J'ai besoin de preuves concrètes.

— Exact. Tu as fait des photos de ta chambre, hier soir ? Tu n'as qu'à les leur montrer.

De nouveau, la honte me mit les joues en feu. J'étais tellement occupée à flipper et à tenter de réparer les dégâts que je n'avais pas pensé à immortaliser la scène. Quelle idiote !

— Non. Je n'ai pas de photos.

— Ah.

Sabine mastiqua lentement :

— La prochaine fois, pense à en prendre.

Elle marqua une pause avant d'ajouter, rassurante :

— Enfin, s'il y a une prochaine fois...

— Ouais.

Je croisai les bras sur la table et posai le menton dessus. En fait, j'étais soulagée. Ivy venait de remonter tout en haut de ma liste, comme par enchantement. Plus besoin de me creuser la tête pour chercher d'autres coupables, plus besoin de regarder par-dessus mon épaule en permanence. Il me suffirait d'être vigilante quand Ivy serait dans les parages.

Un nouvel éclat de rire à la table Billings me fit tourner la tête. Sabine roula les yeux :

— Cette Amberly me sort par les trous de nez !

— Ne m'en parle pas ! répondis-je, ravie de changer de sujet. Ce doit être une plaie de l'avoir comme camarade de chambre.

— Je la vois à peine. Elle est dans la chambre de Noëlle 24 heures sur 24, 7 jours sur 7. On dirait des sœurs siamoises. Elles passent leur temps à parler de leurs projets de vacances. Noëlle a même offert à Amberly une malle de voyage Vuitton. D'après Portia, ça coûte plus cher que sa voiture.

Je blêmis. Imaginer Portia et Sabine arpentant les couloirs de Billings en discutant de ce genre de chose m'était pénible. J'avais du mal à accepter l'idée que la vie à Billings continuait sans moi.

— Je ne comprends pas ce que Noëlle lui trouve, grommelai-je. Tu me croirais si je te disais que cette petite peste a essayé de me faire du chantage ?

— Non ! Comment ?

— Tu te rappelles l'autre jour à la bibliothèque, quand tu nous as retrouvées près des distributeurs automatiques ?

Sabine hocha la tête, la fourchette suspendue au-dessus de sa salade de fruits.

— Elle a exigé que je lui rende le CD Billings, sans quoi..., dis-je en roulant les yeux.

Sabine parut perplexe :

— Mais... tu l'as détruit, ce disque.

— Je sais. Mais j'ai dit à Noëlle que j'en avais gardé une copie.

Je rougis en me rappelant ma misérable tentative de chantage.

— Ah. Mais ce n'est pas vrai ? s'assura Sabine en jouant avec sa nourriture.

— Non. J'essayais juste d'attirer son attention, avouai-je avec un soupir. Enfin bref,

Amberly m'a fait son petit numéro, disant qu'elle était prête à tout pour protéger « ses sœurs de Billings ». Hallucinant, non ?

Sabine posa enfin sa fourchette :

— Ouais. C'est une bonne chose qu'elle ne puisse pas mettre la main sur ce CD. Ça serait trop glauque si son contenu faisait la une des journaux.

— Tu m'étonnes ! Quoi qu'elle en dise, je ne crois pas que notre vie privée serait sa priorité, ajoutai-je en regardant Amberly montrer ses ongles vernis à Lorna.

— Cette petite arriviste sans cervelle ? C'est évident, renchérit Sabine.

— Je meurs d'impatience de découvrir ce qu'elle entendait par « sans quoi », ironisai-je.

Soudain affamée, je me levai :

— Je reviens. Je vais me chercher d'autres céréales.

En allant faire la queue, je croisai Ivy et Josh qui quittaient le self avec leurs plateaux. À ma grande surprise, Josh me salua. Ivy me fit une grimace. Je la fusillai du regard, la fixant jusqu'à ce qu'elle se détourne.

Rose et elle m'avaient persécutée. J'en étais sûre à présent. Je n'avais plus qu'à trouver une preuve pour étayer mes soupçons... et la photographier.

Va pour la difficulté...

Plus tard, dans la chapelle, alors que j'écoutais d'une oreille distraite le Crom énumérer les règles et les consignes relatives au dîner de Noël du lendemain, je m'aperçus que j'avais retrouvé un peu d'énergie. Je me retournai pour jeter un coup d'œil à la dérobée à Noëlle, installée trois rangs derrière moi. Elle composait un texto sur son iPhone et ne me vit pas l'épier. Je croisai les doigts. Il fallait absolument que j'obtienne son pardon le lendemain soir. Si j'échouais... Non. Je préférais ne pas y penser. Mieux valait positiver.

En pivotant de nouveau, j'aperçus Josh. Assis à l'extrémité d'un banc de l'autre côté de l'allée centrale, il dessinait sur un petit carnet de croquis. Il pinça les lèvres, puis arrondit la bouche à plusieurs reprises. Sa mimique me fit sourire et la nostalgie m'envahit. Josh faisait toujours ces grimaces quand il était concentré, mais il refusait de l'admettre. J'aurais aimé le prendre en photo pour lui en apporter la preuve. Hélas, ce n'était plus mon rôle. En plus, le flash alerterait M. White, l'homme de main de Cromwell, qui me fondrait dessus comme un vautour.

Je ne parvenais pas à détacher mon regard de Josh. Un rayon de soleil qui filtrait par les vitraux dansait sur sa joue droite. Les manches de son pull étaient effilochées et une jambe de son pantalon était roulée, révélant un petit fragment de peau blanche. J'absorbai ces détails avec avidité. Il me manquait tellement...

Et, soudain, une idée lumineuse – la seconde en l'espace de vingt-quatre heures – vint me frapper. Le cadeau idéal pour Josh ! Le cadeau idéal pour nous deux, en fait.

Quand Cromwell nous libéra enfin, je me précipitai dans l'allée bondée en direction de la porte. Je n'avais pas une minute à perdre.

— Tu retournes vomir, Brennan ? cria Ivy dans mon dos. Il y a des hôpitaux pour ce genre de maladie !

Plusieurs personnes éclatèrent de rire. Je les ignorai royalement. Je réglerais son compte à Ivy une autre fois. Dehors, l'air froid me fit l'effet d'une gifle. Je m'arrêtai pour boutonner mon manteau et enfiler mon bonnet. Grave erreur !

— Alors, Lèche-vitres, on ne respecte pas sa *deadline* ? m'apostropha Amberly en se faufilant à mes côtés.

Je pressai le pas, mais elle n'eut aucun mal à me rattraper :

— Tu me dois un CD ! J'espère que tu l'as apporté. Je suis trop débordée pour te suivre partout.

Je m'arrêtai net et poussai un soupir de lassitude.

— Tu ne l'as pas, c'est ça ? interpréta Amberly.

Elle rit et secoua la tête :

— Tu n'imagines pas à quel point je peux te compliquer la vie.

J'écartai les bras et les laissai retomber sur mes cuisses :

— Franchement, tu ne te trouves pas un peu ridicule ? Qu'est-ce que tu as fait, l'été dernier ? Tu as répété le rôle de la méchante sorcière de Blanche-Neige ?

Amberly plissa les yeux et retira lentement ses gants bordés de fourrure :

— Très bien. Si tu choisis la difficulté...

Je hochai joyeusement la tête :

— Oui, va pour la difficulté ! J'ai hâte de

voir ce que va nous pondre ton cerveau minuscule.

Sur ces mots, je fis volte-face et m'éloignai d'un pas nonchalant, histoire de lui montrer que ses menaces ne m'impressionnaient pas. J'étais facilement impressionnable, surtout ces derniers temps, mais je n'allais quand même pas me laisser intimider par une pimbêche de troisième.

PIÈCE À CONVICTION

Je passai les vingt-quatre heures suivantes à ronger mon frein. J'attendais avec une impatience fébrile le dîner de Noël pour me réconcilier avec Noëlle et Josh, et j'étais pressée de retourner fouiller la chambre d'Ivy. J'avais besoin d'éléments concrets pour prouver à la police qu'elle me persécutait et qu'elle voulait s'en prendre à Noëlle. Il fallait que je l'empêche de nuire avant de devenir dingue. Et, surtout, avant que Noëlle y perde la vie.

En attendant, des milliers de questions se bousculaient dans ma tête. Ivy avait-elle réellement tué Cheyenne ? Si oui, Rose le savait-elle ou s'était-elle contentée d'aider Ivy à me tourmenter ? Cheyenne était sa meilleure amie. Pourquoi Rose lui aurait-elle voulu du mal ? Et à Noëlle ?

Autant de questions auxquelles Rose ne

répondrait pas : j'avais laissé une vingtaine de messages sur son portable sans recevoir aucune réponse.

Qu'importe. Je me passerais de ses explications pour démêler cette histoire. Au besoin, je parierais sur sa culpabilité...

Le vendredi matin, je me postai derrière ma porte et attendis qu'Ivy et Jillian quittent leur chambre. Le couloir résonnait de rires et de conversations excitées. Le Crom avait abrégé tous nos cours de la journée, afin de nous laisser du temps dans l'après-midi pour nous préparer au dîner. L'atmosphère à Pemberly me rappelait celle qui régnait au lycée de Croton juste avant les vacances de Noël. Les profs auraient du mal à nous enseigner quoi que ce soit aujourd'hui. L'heure était déjà aux réjouissances.

Mais, avant, j'avais une mission à accomplir.

J'entendis la porte d'Ivy et Jillian se refermer et les deux filles passèrent devant ma chambre en discutant des robes qu'elles porteraient le soir. Inspirée par les conseils de Sabine, je glissai mon iPhone dans la poche de mon jean et attendis que leurs voix s'estompent dans le lointain. Puis je sortis en catimini de ma chambre et me faufilai dans la leur. Cette fois, j'allai directement à la commode d'Ivy et ouvris le premier tiroir. Il contenait des sous-vêtements soigneusement pliés et alignés en petites piles impeccables : le noir, le blanc et la couleur. Mince ! Si je voulais fouiller là-dedans, je devrais le faire méticuleusement. Et ça tombait mal, car mes mains tremblaient de façon incontrôlable.

J'inspirai profondément et soulevai avec précaution un tas de minuscules dessous. Ils dissimulaient des plaquettes de pilules contraceptives et une boîte de préservatifs, qui me firent aussitôt penser à la relation d'Ivy et Josh. En étaient-ils déjà là, tous les deux ? Cette éventualité me donna la nausée et je me dépêchai de refermer le tiroir, qui ne contenait rien d'intéressant.

Celui du dessous était dédié aux T-shirts, eux aussi soigneusement pliés. Le troisième contenait une vingtaine de pulls noirs et blancs. Les basiques d'Ivy. Je déplaçai la première pile et me pétrifiai en découvrant une boîte en argent familière. Sur son couvercle étaient gravées les initiales *VMS*. C'était le trophée qu'Ivy avait été chargée de dérober dans la maison de sa grand-mère. L'écrin que j'avais remarqué dans la chambre de Cheyenne, le soir où ses parents nous avaient proposé de choisir un souvenir.

Je posai les pulls sur la commode et soulevai le couvercle. À l'intérieur, reposant sur une doublure de velours, se trouvait le pendentif en diamants de Cheyenne : un *B* comme Billings, légèrement plus gros que ceux qu'elle nous avait offerts. La chaîne était cassée à quelques centimètres du fermoir.

Ivy avait dû s'introduire à Billings juste avant que les parents de Cheyenne viennent débarrasser sa chambre. C'était la seule explication. Elle ne lui avait jamais pardonné d'avoir emporté cette boîte et s'était empressée de la récupérer. C'est dire si ce souvenir comptait pour elle ! Je me sentis soudain fébrile. J'avais enfin ma pièce à conviction ! Cet écrin donnait à Ivy un mobile concret. Elle tenait Cheyenne pour responsable de l'accident de sa grand-mère et lui reprochait de l'avoir laissée endosser seule la responsabilité de leur acte. Alors, elle l'avait tuée, et elle était revenue sur les lieux du crime après que la police avait fait l'inventaire de ses affaires, pour récupérer ce qui lui appartenait. La présence du pendentif en *B* dans l'écrin était encore plus accablante. J'imaginai Ivy l'arrachant au cou de Cheyenne lors d'une bagarre. J'aurais volontiers parié qu'il était couvert de ses empreintes digitales.

Voilà ! Je la tenais enfin.

Les doigts toujours tremblants, je sortis mon iPhone et photographiai le collier dans l'écrin ouvert à l'endroit où je l'avais trouvé. Puis je glissai la main dans ma manche pour éviter de laisser davantage d'empreintes, refermai la boîte et pris une seconde photo. Je reculai ensuite de quelques pas pour cadrer plus large : l'écrin dans le tiroir et les pulls d'Ivy à l'arrière-plan, afin d'indiquer à la police où j'avais trouvé la pièce à conviction.

Après quoi, je rangeai les pulls dans le tiroir, que je refermai soigneusement. Si tout allait bien, Ivy serait bientôt arrêtée. J'étais presque au bout de mes peines. J'avais du mal à le croire.

Je m'apprêtais à quitter les lieux quand j'entendis des pas dans le couloir.

— Je suis vraiment trop bête ! pesta une fille, comme pour elle-même.

Mon cœur s'arrêta. Ce n'était pas n'importe quelle fille. C'était Ivy ! Dans moins de deux secondes, elle ouvrirait la porte et me trouverait plantée au milieu de sa chambre, mon iPhone à la main.

Je pivotai. La penderie de Jillian était ouverte. Je m'y précipitai, trébuchant sur des chaussures et me cognant dans les cintres avant de tirer la porte sur moi.

Ivy entra dans la pièce comme un ouragan. Mes halètements allaient me trahir. Je plaquai la manche d'un pull contre ma bouche, me forçant à inspirer, puis expirer régulièrement. Par le minuscule interstice entre la porte et le mur, je voyais Ivy aller et venir.

— Où j'ai mis ce truc ? grommelait-elle en feuilletant des papiers sur son bureau.

Elle grogna et ouvrit un tiroir, qu'elle claqua aussitôt. Elle déplaça encore quelques objets. Dans l'intervalle, je tentai de contrôler mes tremblements, de crainte de perdre l'équilibre sur la mer d'escarpins, de bottes et de baskets. Au moindre mouvement, je risquais de me tordre une cheville et de m'affaler par terre.

— Ah, ouf ! s'exclama enfin Ivy.

Elle rangea dans son sac ce qu'elle était revenue chercher et fonça vers la porte, passant si près de ma cachette que son parfum musqué me donna un haut-le-cœur. Puis elle sortit avec fracas.

Je recommençai à respirer librement, mais je ne pus me résoudre à sortir. Il me fallut cinq bonnes minutes pour me décider enfin à quitter la penderie. Je l'avais échappé belle !

J'allais regagner ma chambre quand quelque chose attira mon regard. La photo de Cheyenne, Noëlle, Ariana et Ivy était toujours fixée au-dessus du lit d'Ivy, mais elle me parut différente. En m'approchant, je compris pourquoi. Tous les visages, sauf celui d'Ivy, étaient barrés d'une croix noire. Exactement comme sur la photo de Cheyenne et moi.

Mon corps tout entier fut pris de tremblements. Que signifiaient ces photos défigurées ? Ivy s'apprêtait-elle vraiment à rayer Noëlle de la face du monde ? Et, si oui, comment comptait-elle s'y prendre ?

Je fis une photo du cliché avec mon téléphone, puis une seconde, après avoir reculé.

Cette fois, j'avais des preuves. Et j'allais immédiatement trouver la police. Hauer serait bien obligé de m'écouter. La vie de Noëlle – et peut-être la mienne – en dépendait.

INTÉRESSÉ

— Je suis navré, Reed. Je ne vois pas ce que vous espérez prouver avec ceci, soupira l'inspecteur Hauer.

Il me rendit mon iPhone en le faisant glisser sur la table, retroussa les manches de son pull marron hideux et croisa les bras devant son bloc-notes.

Le désespoir s'insinua en moi comme un venin paralysant, me privant peu à peu de toutes mes forces. Hauer se moquait de moi. Forcément. D'abord, les deux flics postés à Hell Hall m'avaient appris que l'inspecteur ne serait pas sur le campus de la journée. J'avais donc été obligée de faire le mur et de sécher la matinée de cours pour aller à pied au poste de police, par un froid glacial. Puis j'avais attendu pendant plus d'une heure sur une chaise en plastique inconfortable, dans une salle d'attente surchauffée. Et tout ça, pour rien ?

— Je vous l'ai déjà dit ! insistai-je. Ivy m'a raconté elle-même ce que cet objet représente pour elle. C'est à cause de cette boîte que sa grand-mère est morte. Le fameux soir, en plus de la laisser seule avec la vieille dame mourante, Cheyenne a emporté l'écrin. Ivy ne lui a jamais pardonné. Elle la haïssait.

— Elle aurait donc tué Cheyenne pour une boîte à bijoux ? interpréta l'inspecteur, sceptique.

Il posa les coudes sur la table et logea le menton dans sa main.

— Ce n'est pas un mobile très convaincant.

— Non ! m'exclamai-je, excédée. Elle a tué Cheyenne parce qu'elle la tenait pour responsable de la mort de sa grand-mère ! Vous n'avez qu'à regarder les photos que vous avez prises dans la chambre de Cheyenne, le matin de sa mort. Cette boîte était posée sur son bureau. Et aujourd'hui on la retrouve cachée dans la chambre d'Ivy ! Elle a dû retourner à Billings après son crime pour la récupérer. Pour elle, cette boîte symbolise tout ce qui s'est passé cette nuit-là. Elle a peut-être imaginé qu'en la trouvant, vous pourriez reconstituer l'histoire et en déduire sa culpabilité. Les assassins retournent toujours sur la scène du crime pour escamoter des indices, c'est bien connu.

Hauer inspira profondément et fixa la porte ouverte dans mon dos, comme s'il avait hâte de rejoindre ses collègues. Pourquoi refusait-il de me prendre au sérieux ?

— Écoutez, Reed, nous avons déjà interrogé Ivy Slade. Elle a un alibi.

Il feuilleta son bloc :

— Elle était avec Gage Coolidge la nuit du meurtre. Il a confirmé.

— Ça ne veut rien dire ! protestai-je. Gage est raide dingue d'Ivy. Il dirait n'importe quoi, pourvu qu'elle le lui demande.

Hauer me regarda avec l'expression du type fatigué de raisonner une gamine capricieuse. J'étais partagée entre l'envie de le gifler et de fondre en larmes. Je me contentai de dégainer ma dernière arme :

— Regardez !

Je sortis de mon sac les restes de la photo de Cheyenne et moi et les abattis sur la table.

— J'ai trouvé ça dans ma chambre, l'autre jour.

L'inspecteur ramassa les deux moitiés de la photo par les angles et les examina. De mon côté, je fis défiler les images stockées dans mon iPhone et lui présentai la photo pareillement défigurée, punaisée au-dessus du lit d'Ivy.

— Et maintenant, regardez ça ! Cheyenne, Ariana, Noëlle et moi. On a toutes les quatre les visages barrés de la même manière. Ivy s'est occupée de Cheyenne et Ariana s'est éliminée toute seule. Il ne reste que Noëlle et moi, dis-je d'une voix tremblante. Je vous jure qu'on est les prochaines sur la liste.

Pour la première fois de la matinée, l'inspecteur Hauer parut intéressé. Inquiet, même. Il était temps ! Il plaça la photo et mon téléphone côte à côte devant lui et les étudia. Je crus bon d'en remettre une couche.

— C'est ce que vous voulez ? lui demandai-je avec ferveur. Vous voulez avoir un autre meurtre sur les bras ?

Hauer soupira, puis se renversa sur le dossier de sa chaise.

— Crosby ! cria-t-il, si fort que je sursautai.

Deux secondes plus tard, un grand échalas en uniforme bleu entra dans le bureau :

— Inspecteur ?

— Apportez-moi un sachet à preuves et des gants, ordonna Hauer. Je veux relever les empreintes sur cette photo.

— Oui, chef !

Mon cœur bondit. Je dardai sur l'inspecteur

des yeux pleins d'espoir. Allait-il enfin m'aider ?

— Nous allons l'examiner, me promit-il. Je ne vous garantis rien, mais nous allons l'examiner.

SIGNÉ : AMBERLY

Je regagnai le campus en début d'après-midi après une escale à la boutique Hallmark, où j'avais acheté de quoi agrémenter le cadeau de Josh. Les cours étaient terminés et les élèves qui sortaient de la cafétéria flânaient dans la cour carrée avant d'aller s'habiller et emballer leurs cadeaux dans leurs dortoirs respectifs. Je me félicitai pour cet excellent timing. Si j'étais rentrée trop tôt, j'aurais été facile à repérer. J'aurais pu me faire pincer pour avoir séché. À cette heure-ci, je me fondais dans la foule.

De crainte de croiser Ivy dans l'ascenseur, j'empruntai l'escalier pour monter dans ma chambre. J'avais prévu de me terrer à Pemberly jusqu'en fin d'après-midi, en attendant la suite des événements. Si la police venait arrêter Ivy, je voulais être là pour assister au spectacle.

Arrivée à l'étage, je fonçai vers ma chambre en retirant mon manteau. Plusieurs filles déambulaient dans le couloir, mais Ivy n'était pas parmi elles. Je me faufilai dans mon antre et fermai la porte avec un petit soupir de soulagement.

Lorsque je pivotai, je laissai échapper un cri d'horreur. La pièce était un chaos total. Les tiroirs de la commode étaient grands ouverts ; des vêtements s'en échappaient et jonchaient le sol. Mon lit était défait, les oreillers traînaient par terre. La moitié des fringues de la penderie avaient été sorties et retirées de leurs cintres. Mon sac Chloé était retourné dans un coin. Deux des trois affiches que Constance m'avait offertes étaient déchirées ; la troisième, chiffonnée, gisait au pied du lit. Même la photo de Scott et moi n'avait pas été épargnée. Le verre du cadre était brisé.

J'allais tuer Ivy. J'allais la tuer !

Toujours hors de moi, je m'aperçus que mes CD étaient éparpillés sur mon bureau. Certains étaient même par terre.

Mes CD... Mes CD !

Voilà qui mettait Ivy hors de cause.

J'allai ramasser le sac Chloé et le remis à l'endroit. Puis j'ouvris la petite poche intérieure. Elle était vide.

— Amberly, sifflai-je entre mes dents. Sale petite garce !

Amberly n'avait pas trouvé le CD de Billings, qui n'existait pas. Mais elle avait récupéré sa précieuse Carma Card. Et au passage elle avait raflé l'argent qu'il me restait du fonds des anciennes élèves.

Mon pouls retrouvait progressivement un rythme normal. Ce carnage n'était pas l'œuvre de mon persécuteur. Il était signé Amberly, sans l'ombre d'un doute. Ainsi, c'était l'idée qu'elle se faisait de la « difficulté ».

Je promenai un regard sur ma chambre en grognant. Penser qu'Amberly m'avait, même brièvement, fait perdre le contrôle de moi-même me rendait folle de rage. J'aurais aimé débouler à Billings pour lui reprendre sa Carma Card, rien que pour marquer le coup. Mais c'était impossible. Personne ne m'aurait autorisée à passer la porte, encore moins fouiller dans mon ancienne chambre. En réalité, je ne pouvais que constater mon impuissance, et décider si j'allais ou non laisser cette petite peste gâcher ma journée. Cette journée où Ivy serait peut-être enfin arrêtée, où je parviendrais peut-être à reconquérir Noëlle et Josh.

Certainement pas ! Avec un peu de chance, d'ici ce soir, cette agression ne serait plus qu'un infime point noir dans un océan de joie.

Enfin !

— Je n'en reviens pas qu'elle t'ait fait un coup pareil, disait Sabine en secouant la tête.

Elle pliait mes pulls à toute vitesse pour les ranger dans ma commode. Quand Sabine était en colère, elle se changeait en tornade. En cinq minutes, elle avait épousseté tous les vêtements, les avait remis sur leurs cintres ou rangés dans les tiroirs.

— C'est terminé. Je ne lui adresse plus la parole ! déclara-t-elle.

Je lui souris faiblement en m'appliquant à retirer la photo de Scott de son cadre brisé :

— Merci. Mais tu es sûre que ça ne va pas te compliquer inutilement la vie ?

— Ça m'est égal. De toute manière, cette fille est malade. On n'entre pas comme ça dans les chambres des autres. Qu'est-ce qu'ils ont tous ?

Bonne question. J'allais hasarder une

réponse quand des voix masculines résonnèrent dans le couloir. Je reconnus le chuintement caractéristique d'un talkie-walkie et mon cœur s'arrêta. Voilà. Le moment que j'attendais était enfin arrivé. Les flics venaient arrêter Ivy.

— Oui, monsieur. Je comprends, fit la voix de Cromwell. Bien sûr... mais l'avocate du lycée est avec moi. Elle a examiné le mandat. Tout est en ordre.

J'allai entrebâiller ma porte sur des jambes flageolantes. Deux policiers en uniforme passèrent à grandes enjambées devant moi, flanqués du Crom pendu à son téléphone portable, et d'une femme ronde en tailleur qui lisait un document officiel. L'inspecteur Hauer fermait la marche, engoncé dans son gros manteau de laine, l'air sinistre. Un policier frappa à la porte d'Ivy. Sa veste de vinyle bleu crissait à chacun de ses mouvements.

— Mademoiselle Slade ? Mademoiselle Crane ? Ouvrez, s'il vous plaît ! C'est la police d'Easton.

Sabine vint appuyer le menton sur mon épaule et jeta un œil dans le couloir :

— Que se passe-t-il ?

Je refermai doucement le battant et la regardai, les yeux écarquillés :

— C'est les flics. Ils sont venus chercher Ivy.

Ils avaient dû trouver ses empreintes digitales sur ma photo. J'avais enfin réussi.

— Là, maintenant ? s'étrangla Sabine.

— Que se passe-t-il ? demanda Ivy dans la chambre voisine.

Je fis signe à Sabine de se taire et tendis l'oreille. Dans tout le couloir, des portes s'ouvraient et se refermaient.

— Mademoiselle Slade, nous avons un mandat de perquisition qui nous autorise à fouiller vos affaires, annonça un policier.

— Quoi ? Pour quoi faire ? s'exclama Ivy, furieuse.

Puis Cromwell, toujours au téléphone :

— Oui, monsieur. Oui. Elle est ici.

Je supposai qu'il avait passé l'appareil à Ivy, car, l'instant d'après, je l'entendis parler tout contre ma porte :

— Papa ! Oui, ils sont trois et ils fouillent mes affaires ! Que se passe-t-il ?

Elle semblait au bord des larmes. J'aurais donné cher pour la voir, mais mon apparition aurait paru trop louche. Je n'avais plus qu'à faire travailler mes méninges et imaginer son air effaré.

Un nouveau chuintement précéda une voix dans le talkie-walkie :

— Chef ? Le jeune Coolidge est avec nous. On le conduit à la voiture ?

— Gage ? articula Sabine en silence.

— Oui ! Merci, officier Crosby ! répondit Hauer. On vous retrouve là-bas dès qu'on aura terminé ici.

Mes tempes se mirent à bourdonner. Je croyais avoir tout prévu, et voilà que la situation m'échappait complètement. La police soupçonnait-elle Gage d'être complice ? Avait-il réellement menti pour protéger Ivy, ainsi que je l'avais suggéré ? Je culpabilisai soudain en l'imaginant, menotté, entre deux flics. Qui aurait cru que je pouvais ressentir de la compassion pour ce sale type ?

— Mademoiselle Slade, est-ce que vous souhaitez nous expliquer ceci ? demanda Hauer.

— Quoi ? Attends, papa, ne raccroche pas ! dit Ivy.

Puis, après un silence :

— Une seconde. Qui a fait ça ?

— Dois-je comprendre que vous n'avez pas défiguré cette photo vous-même ? enchaîna Hauer.

— Non ! Non, ce n'est pas moi, se défendit Ivy. Je ne sais pas qui l'a fait, mais ce n'est pas moi !

Quel grossier mensonge ! Incapable de me

retenir plus longtemps, j'ouvris la porte et me plantai sur le seuil. Sabine m'imita. Tous les regards convergèrent vers nous. Cromwell, avec son air pincé. Ivy, le teint cireux, étreignant le téléphone portable dans lequel son père aboyait des ordres. L'inspecteur Hauer, qui tenait dans sa main gantée la photo de Cheyenne, Noëlle, Ariana et Ivy. Même l'avocate nous détailla de bas en haut.

— Mademoiselle Brennan, mademoiselle DuLac, vous n'êtes pas au théâtre, gronda Cromwell. Soyez aimables de retourner dans votre chambre.

— D'accord. Mais, avant, je veux dire un mot à Ivy, répondis-je.

Je fixai en souriant la fille qui m'avait pourri la vie ces deux derniers mois, et déclarai :

— J'espère que tu auras ce que tu mérites.

La mâchoire d'Ivy s'affaissa ; ses yeux s'emplirent de confusion. Indifférente, je lui claquai la porte au nez.

— Waow, c'était glacial ! commenta Sabine.

— Elle l'a bien bien mérité, répondis-je d'un ton sinistre. Pour ce qu'elle m'a fait, et pour ce qu'elle a fait à Cheyenne... Elle mérite bien pire.

SUBLIMES

Le soir, je mis en fredonnant la dernière touche à mon nouveau cadeau pour Josh. Je ne m'étais pas sentie aussi calme, aussi apaisée depuis longtemps. Certainement pas depuis que j'avais emménagé à Pemberly. En fait, ce sentiment de sécurité m'avait quittée bien avant que je ne sois chassée de Billings. Aujourd'hui, enfin, la police avait placé ma persécutrice en garde à vue. Pour la première fois depuis des semaines, je me sentais libre. Cette affaire ne me concernait plus. J'avais passé le relais aux policiers d'Easton. À eux maintenant de régler le problème Ivy Slade.

Je glissai le cadeau de Josh dans la petite boîte rouge achetée à la papeterie l'après-midi même et fixai un nœud blanc sur le dessus. Satisfaite, je pivotai pour me regarder dans le miroir. Je souris à mon reflet. Mes longs cheveux châtains étaient retenus par une pince d'un côté. De l'autre, ils tombaient en vagues sur mon épaule. Pour tout maquillage, je portais du mascara noir et un rouge à lèvres rouge sombre que j'avais choisi à New York le week-end de la collecte de fonds (avant que le ciel ne me tombe sur la tête). Les diamants que Walt Whittaker m'avait offerts l'an passé faisaient scintiller les lobes de mes oreilles. Simple, mais totalement glam. Mais le clou du spectacle était sans conteste la robe Nicole Miller rouge que Portia m'avait achetée, dans une autre vie. Je ne l'avais portée qu'une fois, pour aller dîner avec ce goujat de Hunter Braden. Je doutais fort qu'il s'en souvienne, vu le caractère totalement égocentrique du personnage. En revanche, les filles Billings ne manqueraient pas de la remarquer, et c'était un peu le but. Porter cette robe était une façon de leur dire qu'elles ne m'avaient pas anéantie. Que j'étais au-dessus de leurs mesquineries.

J'espérais seulement que Portia ne se jetterait pas sur moi pour la déchirer, comme les odieuses belles-sœurs de Cendrillon.

On frappa à la porte et je m'empressai d'aller ouvrir. Sabine et Constance étaient dans le couloir, emmitouflées dans leurs manteaux. Constance avait attaché ses cheveux roux, mais des boucles rebelles encadraient son visage de façon charmante, et elle était plus maquillée que de coutume. Sabine, toujours très naturelle, s'était fait une petite tresse fixée par une minuscule barrette en strass.

— Reed, tu es sublime ! me complimenta-t-elle.

Constance, tout excitée, sautillait sur place :

— Prêtes à faire la fiesta ?

Un petit frisson me parcourut. Si j'étais prête ? Et comment ! C'était la première soirée du reste de ma vie.

FESTIVITÉS

— Alors, les filles, vous allez porter un toast ? demanda Constance en buvant une gorgée de punch.

— Certainement pas ! s'écria Sonal. Jamais je ne pourrais parler devant tout le bahut ! Plutôt mourir !

— Ouais. Moi non plus, admit Constance. Ce serait mon pire cauchemar.

À ma grande surprise, elle était restée auprès de moi pendant tout l'apéritif. Peut-être que la bravoure de Sabine déteignait sur elle. En tout cas, c'était agréable. Contre toute attente, je m'étais assez vite retrouvée entourée d'amis : Constance, Sabine, Marc, Astrid, Diana, Sonal et Shane gravitaient autour de moi. Pour une pestiférée, je m'en tirais plutôt bien.

— Tu rentabilises ta robe, Reed ? me lança

Shelby en me dépassant, un rictus moqueur aux lèvres.

— C'est la seule qu'elle a ! précisa Portia, qui marchait derrière elle flanquée des villes jumelles.

Comme d'habitude, elle était vêtue de vert : une robe courte moulant ses formes avantageuses. J'aurais sûrement pu lui balancer une vacherie. Par exemple, lui demander pourquoi elle s'obstinait à porter toujours la même couleur hideuse. Mais elle s'était déjà éloignée en riant avec ses comparses.

— Ignore ces pestes, me conseilla Astrid en posant une main fraîche sur mon bras nu.

Elle était aussi funky que toujours avec sa robe rose et noire, son bibi rose et ses Converse noires montantes.

— Si on parlait plutôt de la façon dont le Crom a transformé la cafétéria, suggéra-t-elle. Ça a dû lui prendre un temps infini à organiser. Il a peut-être un bon côté, après tout.

— Permets-moi d'en douter, objectai-je. Mais j'avoue que la déco est assez spectaculaire.

Des couronnes de sapin agrémentées de pommes de pin, de rubans rouges et de guirlandes lumineuses ornaient les fenêtres et les murs, emplissant la pièce d'une agréable odeur de résineux. Toutes les chaises étaient couvertes de velours vert et sur chaque assiette de porcelaine était posé un ballotin de chocolats Godiva, présenté dans une petite luge rouge. Cependant, pour moi, la principale attraction était les tenues de mes camarades. Les élèves d'Easton avaient vraiment de la classe ! C'était un véritable défilé de robes en velours et perles, de longs gants, de talons aiguilles, de smokings et d'écharpes en soie. Même les flasques que les garçons dissimulaient dans leurs poches étaient ultra-chics : en platine avec monogramme, en cuir, ou, dans le cas de Dominic Infante, estampillée Gucci. En seconde position venait le fabuleux arbre de Noël qui trônait au centre de la salle. L'étoile à son sommet touchait presque le plafond cathédrale et ses décorations scintillantes étaient d'un goût parfait. Une des guirlandes m'intriguait. De loin, elle m'évoquait une enfilade de grains de pop-corn et de cranberries.

— On dirait que la guirlande est comestible, observai-je.

— Exact ! J'ai vérifié, dit Marc en gobant un petit four.

— Vérifié comment ? s'informa Constance.

Il piqua un fard :

— Devine.

Éclat de rire général. Je savourai la paix et

la tranquillité du moment. Pour la première fois depuis longtemps, je me sentais normale. J'avais une vie sociale. J'avais chaud au cœur. Nos camarades s'agglutinaient autour du sapin pour déposer leurs paquets sur le tas, qui débordait dans l'allée entre les tables.

— Alors, à qui tu as fait un cadeau ? me demanda Astrid.

Je lorgnai vers Marc, qui se détourna.

— Secret ! objectai-je.

— Arrête tes cachotteries ! insista-t-elle. C'est terminé, maintenant. Tu peux nous le dire.

Je secouai la tête en rougissant. Je n'avais aucune envie que mes amies surveillent Josh quand il ouvrirait son paquet :

— Non ! Jamais de la vie !

— Je regrette trop de ne pas avoir été là, déclara Sonal dans mon dos.

Je me branchai sur la conversation dans l'espoir de décourager Astrid :

— Avoir été là pour quoi ?

Sonal regarda Diana et Shane, comme prise en flagrant délit.

— Quand les flics ont emmené Ivy, répondit Shane à sa place. Vous avez vu quelque chose ?

Je vérifiai si personne ne nous écoutait, puis je m'approchai de Sonal. Notre petit groupe se resserra autour de nous. Moi qui n'étais généralement pas portée sur les ragots, pour une fois, j'avais envie de me prêter au jeu. Et puis, cette histoire avait l'avantage de me disculper.

— Non, on n'a pas vu grand-chose, admis-je. Par contre, on a tout entendu. Les flics avaient l'air convaincus qu'Ivy était impliquée dans la mort de Cheyenne.

Ils n'avaient rien dit de tel, bien sûr. Mais autant faire profiter mes amis de ce que je savais.

— C'est évident qu'elle est coupable ! intervint Sabine. Ça se voit sur son visage.

— Tu as dû flipper, Reed, dit Constance. Je veux dire... Josh sort avec elle.

— Je sais, répondis-je, la gorge serrée.

Je regardai de nouveau par-dessus mon épaule et vis Josh au milieu de la foule. Depuis le début de la soirée, je surveillais ses allées et venues. Il n'avait guère quitté ses amis : Trey, Weston Bright et les autres mecs de Ketlar. Il semblait plutôt guilleret, bien que sa copine soit en garde à vue. Soit il se fichait complètement d'Ivy, soit il était convaincu de son innocence.

Je préférais de loin la première option.

— Au moins, on ne te soupçonne plus, dit

Diana avec un petit sourire. Tu dois être contente.

— Tu m'étonnes ! répondis-je en riant.

Bientôt, mon innocence éclaterait au grand jour. Bientôt, Noëlle et Josh s'apercevraient que j'avais raison depuis le début. Ils comprendraient que je les avais sauvés. Bientôt, tout redeviendrait comme avant.

Enfin, presque... J'aperçus Amberly de l'autre côté de la salle. Elle portait une robe bleu clair et papotait avec Missy et Lorna. Tant qu'elle serait à Easton, je ne retrouverais pas ma place à Billings. Même si, par miracle, Noëlle acceptait de me pardonner. Je mourais d'envie de prendre un ramequin de sauce sur le plateau d'un serveur et d'aller le lui renverser sur la tête, en représailles. Pour la punir d'avoir saccagé ma chambre, détruit mes affaires, pris ma place. Je me contentai de serrer les poings. Ce n'était ni le moment ni l'endroit pour faire un esclandre. Je lui réglerais son compte bien assez tôt. Ce soir, je préférais me concentrer sur des choses positives.

Un tintement de clochettes fit taire les conversations. Cromwell s'avança devant l'arbre de Noël. Pour un mec qui venait de voir deux élèves se faire embarquer par les flics, il avait l'air plutôt serein. Heureux, même.

— Si vous voulez bien prendre place à table, nous allons servir les entrées, annonça-t-il fièrement, comme s'il avait organisé la soirée du siècle.

— On se retrouve après ? lançai-je à Marc, Sabine et les autres filles Billings.

— Bien sûr ! répondit Constance.

Je suivis Diana, Shane et Sonal à notre table en souriant. C'était tellement agréable d'avoir de nouveau des amies. Je me sentais comblée, et en même temps je commençais à avoir un peu le trac. Le moment de vérité approchait. Dans moins d'une demi-heure, je serais fixée sur mon avenir.

TOASTS

— Alors, voilà, je voulais juste dire : « hip, hip, hip, hourra ! » à mes potes de l'équipe de foot ! déclara Trey, avec des gestes si véhéments que son jus de pomme éclaboussa tout le voisinage. Merci, les gars, c'était une saison géniale ! On les a tous niqués !

Ses coéquipiers poussèrent des vivats que toute la salle reprit en chœur, tandis que Trey vidait son verre. Cromwell ne semblait pas partager l'allégresse générale. Il s'avança derrière Trey et lui abattit une main sur l'épaule.

— Merci, monsieur Prescott. C'était très éloquent, dit-il, sarcastique.

Trey alla se rasseoir, penaud. En face de lui, Josh secoua la tête avec une grimace. Ce discours était assez inattendu de la part d'un mec comme Trey. Avait-il apporté sa flasque, ou bu dans celle d'un copain ?

— Et maintenant, au tour de Pemberly...

Cromwell s'approcha de notre table. Ma gorge se noua et ma température monta en flèche. Voilà. Mon heure avait sonné !

— L'une de ces demoiselles souhaiterait-elle porter un toast ?

Les filles échangèrent des regards gênés. Je réfléchissais à l'éventualité de laisser quelqu'un s'exprimer avant moi, quand je compris que personne n'avait l'intention de parler. Les filles de Pemberly n'étaient pas du genre extraverti. Cromwell fit une moue ennuyée et je levai la main :

— Oui, moi !

Un murmure s'éleva des tables alentour et gagna peu à peu toute la salle. Mon cœur se ratatina.

— Qu'est-ce qu'elle va dire ? se moqua Amberly. « Merci de m'avoir laissée en liberté alors que j'ai assassiné une de mes amies » ?

Ah. Même si la nouvelle de l'arrestation d'Ivy s'était répandue sur le campus comme une gastro-entérite, visiblement, personne ne croyait encore à sa culpabilité. Et je m'étais trompée en pensant que Cromwell serait soulagé d'avoir une volontaire à notre table. Il me regarda me lever d'un air sombre. C'était clair qu'il ne m'appréciait pas.

— Très bien, grommela-t-il.

Il leva le menton et annonça à l'auditoire :

— Mademoiselle Reed Brennan souhaite porter un toast !

Le brouhaha s'accentua. Je repoussai maladroitement ma chaise et me levai. Le moment était venu de mettre en œuvre mon plan génial pour reconquérir Noëlle. Mon amie avait été humiliée publiquement par ma faute. La seule idée que j'avais eue pour me racheter était de faire publiquement son éloge.

Mes genoux tremblaient et je regrettais de ne pas avoir apporté mes notes. Je m'étais dit que mon discours paraîtrait plus sincère si je parlais avec le cœur. Mais maintenant, face à cette mer de visages hostiles, j'avais du mal à me rappeler ce que je voulais dire.

Mon cœur battait la chamade. Qu'est-ce que j'avais imaginé ? Tout le monde était contre moi. Dans moins de deux secondes, on allait me balancer des tomates pourries.

Je risquai un regard vers Noëlle. Elle me fixait avec un intérêt amusé, un bras par-dessus le dossier de sa chaise, les jambes croisées. C'était pour elle que je faisais cela. Surtout, ne pas l'oublier !

— Je voudrais porter un toast à Noëlle Lange, annonçai-je d'une voix forte et claire.

Des chaises grincèrent, des rires fusèrent, des murmures incrédules emplirent la pièce. Comment allais-je obtenir le silence ? Je lançai un regard implorant à Sabine, mais la surprise l'avait laissée bouche bée. Constance et Astrid semblaient sonnées, elles aussi. Je ne leur avais pas confié mes projets de peur qu'elles tentent de m'en dissuader.

— Silence, s'il vous plaît ! tonna Cromwell. Je vous demande d'avoir la même courtoisie à l'égard de tous vos camarades.

Le silence retomba. Noëlle tendit la main vers son verre, but une gorgée et le reposa avant de reporter son attention sur moi, un sourcil levé.

Je m'éclaircis la gorge et me jetai à l'eau :

— Comme vous l'aurez sûrement remarqué, le trimestre qui se termine a été assez traumatisant pour moi, comme pour la plupart d'entre vous. Nous avons connu des drames, des bouleversements. Des rumeurs ont circulé. Certaines étaient fondées, d'autres non.

Le discours que j'avais préparé me revenait soudain en bloc.

— Mais je ne suis pas venue ici pour me défendre, ni pour laver mon nom. Chaque chose en son temps. Je voulais juste vous dire que je n'aurais jamais pu traverser ces épreuves sans l'amitié de Noëlle Lange.

L'intéressée se tortilla sur sa chaise. Elle m'écoutait. C'était déjà ça...

— Noëlle est une véritable amie. De celles

qui vous soutiennent en toutes circonstances, qui feraient n'importe quoi pour vous. Une personne entière, généreuse et sincère.

Je la regardai dans les yeux. J'avais les mains si moites que je craignais de lâcher ma flûte de champagne.

— Et je regrette sincèrement de l'avoir oublié l'espace de cinq minutes. Je ne me pardonnerai jamais d'avoir gâché une amitié aussi précieuse pour moi, pour une chose aussi futile. Une amitié qui aurait pu durer toute une vie...

Les filles Billings, abasourdies, nous regardaient tour à tour, Noëlle et moi. Quant à Noëlle, elle avait planté ses yeux dans les miens et ne les lâchait plus.

— Je voudrais donc porter un toast à Noëlle Lange, dis-je en levant mon verre. À l'amie véritable qui, je l'espère, me pardonnera un jour.

Un silence interminable suivit ma déclaration. Les spectateurs étaient trop stupéfaits pour réagir.

— À Noëlle Lange ! répéta Cromwell en levant sa coupe.

Il se souciait moins de voler à mon secours, j'en suis sûre, que de sauver sa cérémonie.

— À Noëlle Lange ! répondit la salle en écho.

Nous vidâmes nos verres et je restai plantée sur place à guetter la réaction de Noëlle. J'attendais un signe, n'importe quoi. Elle sirota lentement son jus de pommes et me regarda comme si elle me voyait pour la première fois. Puis elle me tourna le dos. Et ce fut tout. Pas un sourire. Pas un hochement de tête. Rien.

J'allai me rasseoir comme une somnambule. Je me sentais faible, épuisée.

— Whoa ! Il fallait du cran pour faire ça, me chuchota Shane à l'oreille.

— Peut-être, mais ce n'était pas suffisant, dis-je d'une voix morne.

Cette pensée se diffusait dans mes veines comme un poison.

— Rien ne sera jamais suffisant.

VOEU EXAUCÉ

Après ma déconvenue, je n'avais plus qu'une envie : me réfugier à Pemberly et dormir. Hélas, Cromwell nous avait clairement signifié que ce dîner était obligatoire. Je pris donc mon mal en patience pendant le dessert, puis pendant le café sans toucher à mon assiette. Personne ne remarqua mon abattement. Après avoir grignoté quelques bouchées par politesse, mes camarades passèrent aux choses sérieuses : la chasse aux cadeaux. Plusieurs filles de seconde donnèrent le signal en s'approchant ostensiblement du sapin. Après quoi, ce fut une véritable ruée.

J'éprouvai un minuscule frisson d'excitation. La soirée n'était pas terminée. Ma table s'était quasiment vidée, et je me levai à mon tour pour tenter de garder un œil sur Josh. Évidemment, il me fallut moins de deux secondes pour le perdre dans la foule.

— Tu ne viens pas, Reed ? me demanda Diana en repoussant sa chaise.

— Euh, non. Je vais attendre. Je préfère éviter la cohue.

En réalité, trouver mon cadeau était le dernier de mes soucis. À l'exception de mon groupe très restreint d'amis, toute la population du campus me fuyait depuis des jours. Celui ou celle qui avait tiré mon nom au sort avait peut-être décidé de m'humilier en m'offrant un morceau de charbon[1], un rat mort, ou je ne sais quoi. Je n'étais pas certaine d'encaisser ce nouvel affront avec élégance.

Je me contentai donc de regarder mes camarades déchirer les papiers cadeaux, en sortir des boîtes, s'enrouler mutuellement de ruban et pousser des cris de ravissement en découvrant leurs présents : gants en cuir, écharpes en cachemire, boucles d'oreilles étincelantes, sacs Dooney & Bourke. Dans le lot, il y avait aussi quelques objets originaux et amusants. Un hélicoptère télécommandé qui vola bientôt au-dessus des convives, menaçant d'arracher les guirlandes lumineuses. Un réveil incassable qui continuait à sonner même si on le balançait en travers de

1. Selon une vieille tradition, on fait croire aux enfants que le Père Noël leur apportera du charbon s'ils ne sont pas sages.

la pièce (ce que son propriétaire s'empressa de tester). En découvrant son cadeau : deux tickets au premier rang pour je ne sais quel concert à guichet fermé, une fille poussa un cri si perçant que tout le monde se tut, avant d'éclater de rire.

Où était Josh ? J'étais impatiente de voir sa réaction lorsqu'il ouvrirait mon paquet. Comprendrait-il la signification des pinceaux ? J'avais choisi les mêmes que ceux que nous avions utilisés l'an dernier pour barbouiller les murs de sa chambre. Ce jour-là, j'avais réalisé pour la première fois que j'étais amoureuse de lui et qu'il partageait mes sentiments.

Hélas, il était introuvable.

De guerre lasse, je m'aventurai dans la pièce en longeant les tables, évitant de m'approcher de l'arbre. Je vis Trey et West examiner leurs nouvelles consoles Nintendo, accompagnées d'un assortiment de jeux. Josh n'était pas avec eux. S'était-il éclipsé avant l'ouverture des cadeaux ? Avait-il jeté un coup d'œil à l'expéditeur du sien avant de le balancer dans la première poubelle ?

Peu à peu, la foule se dispersa. Il ne restait qu'une vingtaine de paquets au pied du sapin. Je m'approchai avec hésitation, enjambant des boules de papier froissé et les emballages vides pour vérifier si celui de Josh s'y trouvait toujours. Mon petit carton rouge avait disparu. Je constatai au passage qu'aucun cadeau ne m'était destiné.

J'avais eu beau me préparer au pire, cette découverte me fit un pincement au cœur. Ainsi, j'étais exclue une fois de plus. Celui ou celle qui avait trouvé mon nom dans sa boîte aux lettres avait décidé de s'abstenir.

— Reed ! Reed !

Constance bondissait vers moi, rouge d'excitation, agitant devant elle une enveloppe blanche comme si elle contenait les corrigés de tous les examens que je passerais dans ma vie. Elle stoppa net devant moi, manquant de s'étaler en glissant sur du papier de soie, puis me tendit l'enveloppe à deux mains.

— De la part du Père Noël, annonça-t-elle avec un grand sourire.

Mon nom était inscrit sur le devant. Je reconnus l'élégante écriture de Noëlle.

— C'est quoi ? demandai-je, balançant entre crainte et euphorie.

— Ouvre ! chuchota Constance, fébrile.

Je déchirai l'enveloppe, qui contenait une petite carte blanche. Une invitation ! J'étais conviée à la pré-fête d'anniversaire de Kiran, le lendemain soir. Mon cœur gonfla au point d'éclater.

— Elle me l'a donnée en me disant de venir te trouver, expliqua Constance.

Elle se plaça à mon côté pour lire par-dessus mon épaule :

— Tu as réussi, Reed ! Tu es réintégrée !

Je fixai la carte, incrédule :

— Attends... Noëlle avait tiré mon nom au sort dès le départ, ou elle l'a échangé avec quelqu'un après avoir écouté mon discours ?

— Qu'est-ce que ça peut faire ? demanda Constance. Ce qui compte, c'est que tu viens à la fête. On va toutes ensemble à la fête de Kiran !

Elle n'avait pas tort. Je scrutai la pièce à la recherche de Noëlle et l'aperçus près de la table Billings, en pleine discussion avec ses amies. Elle me regarda comme si elle avait senti mon regard. Je brandis la carte et souris. En retour, elle me gratifia d'un petit hochement de tête, puis reprit sa conversation.

Ce n'était pas grand-chose, mais c'était toujours mieux que rien.

— Je suis tellement heureuse pour toi ! s'écria Constance en me serrant dans ses bras.

— Et moi donc !

Ainsi, la première partie de mon plan avait porté ses fruits. Je n'avais plus qu'à trouver Josh et recueillir sa réaction. Avec un peu de chance, d'ici la fin de la soirée, tous mes vœux de Noël seraient exaucés.

DE RETOUR

Shane avait reçu en cadeau un grand livre à la couverture cartonnée retraçant l'histoire d'Hollywood. Il nous servit de coupe-vent lorsque nous retournâmes à Pemberly. De violentes rafales nous ballottaient tantôt d'un côté, tantôt de l'autre.

— On est où ? Au Kansas ? plaisanta Diana, qui tenait son chapeau à deux mains.

— Ouais. Au Kansas arctique, précisa Sonal.

Les autres pouffèrent. Je souris et serrai contre moi l'invitation de Noëlle, bien à l'abri dans la poche de mon manteau. J'étais impatiente d'être dans ma chambre pour la relire. M'assurer qu'elle était bien réelle ; qu'elle n'avait pas été rédigée à l'encre sympathique.

Nous aperçûmes d'assez loin le policier posté à la porte de notre dortoir. L'homme, solidement charpenté, était emmitouflé dans un long manteau et un blason d'argent scintillait sur son couvre-chef. À sa vue, ma gorge se serra. Comme mes camarades, je ralentis le pas.

— Bonsoir, mesdemoiselles ! nous lança-t-il d'une voix rocailleuse. Soyez aimables de préparer vos documents d'identité pour les présenter à mon collègue, dans le bâtiment.

Je coulai un regard vers Diana et vis ma peur se refléter dans ses yeux. Que se passait-il encore ?

— Entendu, soupira Shane en sortant sa carte magnétique.

Elle ouvrit la porte et nous laissa entrer devant elle. Dans le hall, un autre policier était effectivement assis devant la petite table en bois qui trônait généralement sous la fenêtre. Avec ses cheveux bruns ébouriffés et ses yeux exagérément mobiles, il m'évoquait une souris effrayée. Un ordinateur portable était ouvert devant lui. Il nous fixa brièvement, puis s'empressa de détourner le regard.

— Vos papiers d'identité, s'il vous plaît, dit-il en tendant une main décharnée.

— Que se passe-t-il ? hasardai-je.

Il soupira, visiblement agacé, et claqua dans ses doigts :

— Cartes d'identité, s'il vous plaît.

Alors que je sortais mon portefeuille, la

porte d'entrée s'ouvrit et Ivy Slade entra. Mon sang se figea. Ma peur, momentanément apaisée, se réveilla brutalement. Pourquoi Ivy était-elle là ? Les flics l'avaient-ils relâchée ?

L'intéressée me dépassa en me fusillant du regard. Elle prononça quelques mots inaudibles et continua sans s'arrêter vers l'ascenseur. J'avais du mal à respirer. Trois heures. Ils ne l'avaient gardée que trois heures. Ma persécutrice était de retour. Elle allait reprendre ses habitudes, là-haut, dans la chambre voisine de la mienne. Pourquoi m'étais-je donné le mal d'aller trouver Hauer ? Tout cela n'était-il qu'une plaisanterie pour lui ?

J'entendis la voix familière de l'inspecteur au moment où le flic préposé au contrôle m'arrachait ma carte d'identité des mains pour la comparer à son fichier. Hauer discutait avec un troisième policier.

— Inspecteur ! l'interpellai-je d'une voix rauque.

Il me regarda et son expression se teinta de lassitude. Comme s'il répugnait à avoir affaire à moi. Eh oui ! À chacun ses petites contrariétés ! Moi, par exemple, je n'étais pas enchantée de vivre à côté d'une psychopathe. Je m'approchai de lui et grommelai entre mes dents :

— Qu'est-ce que vous faites ? Pourquoi vous l'avez relâchée ?

L'inspecteur pinça l'arête de son nez entre le pouce et l'index avant de répondre :

— Reed... Je vous l'ai déjà dit et je vous le répète : Ivy Slade n'est pas notre coupable.

— Mais... les photos ? Et la boîte ?

— Ils n'ont pas résisté à la confrontation avec les dépositions que nous avons prises cet après-midi.

Hauer m'entraîna vers le petit divan qui meublait le hall et me fit signe de m'asseoir près de lui :

— Des dizaines de personnes ont confirmé son alibi, Reed. Ivy Slade et le jeune Coolidge ont passé la nuit à l'hôtel Driscoll. Des grooms, des femmes de chambre, le directeur lui-même nous l'ont assuré. Nous avons des reçus de service signés de sa main. En ce moment même, nos collègues visionnent une cassette de vidéosurveillance sur laquelle elle apparaît. Ivy Slade n'a rien à voir avec la mort de Cheyenne Martin.

La stupéfaction me laissa un instant sans voix. Comment était-ce possible ? Cette fille avait le plus évident des mobiles et tout le reste l'accusait : son comportement, ses menaces, ses regards glacés, la photo terrifiante dans sa chambre...

— Et la photo que je vous ai donnée ? demandai-je. Ivy n'a peut-être pas tué Cheyenne, mais je persiste à dire qu'elle me persécute. Moi, et peut-être aussi Noëlle.

— Nous n'avons pas identifié ses empreintes sur la photo que vous nous avez confiée, me dit Hauer d'une voix apaisante. Et Ivy assure que ce n'est pas elle qui a défiguré la sienne. Toutefois, nous avons trouvé des fibres de laine blanche sur les deux clichés.

Mon cœur se serra :

— Qu'est-ce que cela signifie ?

— Que la même personne a manipulé les deux photos en portant des gants de laine blanche, expliqua Hauer. Il semble que Mlle Slade et vous-même soyez victimes du même individu.

Je me renversai sur le dossier du divan, perplexe. Ainsi, mon persécuteur s'en prendrait également à Ivy. Étrange... Qui, sur ce campus, pouvait avoir des comptes à régler avec nous deux ? Nous étions ennemies. Nous nous haïssions. Comment pouvait-on nous mettre dans le même panier ?

Mais le plus difficile à avaler, c'était le fait qu'Ivy était également une victime. En moins de deux minutes, elle avait changé de camp. Le seul avantage de ce scénario était qu'il disculpait Rose. Si Ivy était innocente, elle l'était aussi.

— Nous avons posté des officiers à chaque porte et à l'intérieur de votre dortoir pour assurer votre sécurité, continua doucement Hauer. Tant que nous n'aurons pas arrêté cet individu, les seules personnes autorisées à monter dans l'ascenseur et dans l'escalier seront les résidentes de Pemberly.

— Je n'arrive pas à le croire, murmurai-je. C'est totalement dingue.

Hauer enfonça les mains dans les poches de son manteau :

— Je comprends, Reed. Mais ne vous inquiétez pas. Nous ferons en sorte qu'il ne vous arrive rien, à Ivy et à vous. Nous allons découvrir le coupable. Je vous le promets.

— Merci, dis-je sans conviction.

— Reed, tu viens ? me lança Diana.

Elle me rendit ma carte d'identité, que j'avais laissée au policier.

— Ouais, j'arrive.

Je me levai péniblement du divan. Toutes mes forces m'avaient abandonnée.

— Merci, répétai-je à l'inspecteur Hauer.

Il me fit un sourire réconfortant :

— Bonne nuit, Reed !

Je rejoignis mes camarades et nous nous

engouffrâmes ensemble dans l'ascenseur. Comme prévu, elles m'accablèrent de questions. Je leur expliquai brièvement la situation. À quoi bon garder le secret plus longtemps ? Quelqu'un nous voulait du mal, à moi et à Ivy. Les filles méritaient de savoir pourquoi Pemberly était en alerte rouge.

— Désolée, achevai-je lorsque l'ascenseur s'arrêta à mon étage. C'est à cause de moi si les flics sont là.

— Ne t'en fais pas. Ça me fait un truc à raconter sur mon blog, me rassura Shane.

— Dis-nous si tu as besoin de quoi que ce soit, ajouta Diana. On...

Les portes se refermèrent avant qu'elle ait terminé sa phrase.

Je remontai le couloir jusqu'à ma chambre en traînant des pieds. Chemin faisant, je vis plusieurs portes ouvertes ; les filles parlaient à voix basse, spéculant sur les derniers événements. Je n'avais pas assez d'énergie pour m'arrêter et leur confier ce que je savais. Mon cerveau était complètement frit. Je m'étais trompée sur toute la ligne. Ivy était une victime, elle aussi. Cette éventualité ne m'avait même pas effleurée.

J'inspirai profondément et entrai dans ma chambre. Je me figeai avant d'avoir fait un pas.

Ivy Slade était assise sur ma chaise de bureau, les jambes et les bras croisés :

— Ah, te voilà !

Elle se leva pour aller fermer la porte :

— Il est grand temps qu'on ait une petite conversation, toi et moi.

UN PACTE

Ivy retraversa la pièce et se planta devant moi :

— Il paraît que tu me soupçonnes d'avoir tué Cheyenne...

— Ils t'ont dit que je t'avais dénoncée ? demandai-je, sidérée.

— Non ! Bien sûr que non ! Mais les flics d'Easton ne sont pas des modèles de discrétion, dit-elle, sarcastique. J'ai entendu au moins cinq personnes prononcer ton nom. Alors, vas-y ! Dis-moi ce qui, d'après toi, aurait pu me conduire à tuer la meilleure amie que j'aie jamais eue.

Je déboutonnai mon manteau avec des doigts tremblants, cherchant à gagner du temps. Comment lui répondre sans me griller ?

Finalement, je décidai de lui dire la vérité. Il était temps de jouer cartes sur table.

Je me déshabillai et frissonnai dans ma robe

légère. Nous étions à moins d'un mètre l'une de l'autre.

— C'est toi-même qui m'as dit que tu haïssais Billings, commençai-je. C'était tellement évident que tu tenais Noëlle, Ariana et Cheyenne pour responsables de la mort de ta grand-mère... J'ai pensé que tu avais décidé de te venger. En plus, tu n'arrêtais pas de répéter que Noëlle aurait bientôt ce qu'elle méritait, que tu allais nous faire toutes tomber. Tu nous menaçais à la moindre occasion !

Ivy rit et secoua la tête. Visiblement, ma naïveté la consternait :

— Ce ne sont que des mots, Reed.

— Ouais, c'est ça ! répliquai-je sèchement. Je te rappelle que tu as fait plusieurs choses assez douteuses depuis que je te connais ! Tu as exclu Easton de l'Héritage et essayé de saboter notre collecte de fonds. Comment étais-je censée deviner que tes menaces étaient sans fondement ?

Ivy parut réfléchir. Examiner mon point de vue. Elle tendit la main vers ma commode et joua avec une branche du mini-sapin de Noël que Sabine m'avait offert, évitant mon regard.

— Qu'est-ce que tu entends par « la meilleure amie que tu aies jamais eue » ? enchaînai-je. Tu détestais Cheyenne.

Ivy étrangla un rire et fixa le sol :

— Peut-être, à la fin... Mais ça ne veut pas dire que j'ai fait une croix sur dix ans d'amitié. Tu n'as jamais eu de relation amour-haine ?

Je pensai aussitôt à Noëlle, mais je me gardai bien de l'évoquer.

— C'est donc sur ça que tu as basé tous tes soupçons ? reprit Ivy, consternée. Deux farces ridicules et l'histoire que je t'ai racontée le soir de la collecte de fonds ?

Mon cœur tressaillit. L'heure de vérité approchait dangereusement :

— Non. Ce n'est pas tout.

Je m'assis sur ma chaise de bureau et croisai les bras :

— J'ai fouillé dans ta chambre. J'ai trouvé la boîte, le pendentif cassé et la photo avec les croix noires sur tous les visages, sauf le tien.

— Tu as fouillé dans mes affaires ! rugit Ivy.

Elle se tourna et posa les mains sur son crâne, comme pour contenir une explosion :

— Oublie Cheyenne ! C'est toi que je vais tuer !

— Ivy, essaie de comprendre ! l'implorai-je.

Je détestais mon intonation. Comment m'étais-je retrouvée dans cette position de faiblesse ? C'était le monde à l'envers.

Mais Ivy avait raison. J'avais violé son intimité. Et je l'avais fait sans raison valable.

— Je croyais que tu étais entrée dans ma chambre une bonne dizaine de fois. J'étais persuadée que tu me persécutais. Pour moi, ce n'était que justice, me défendis-je.

— Tu as cru que je te persécutais ? répéta Ivy dans un souffle. Voilà pourquoi les flics m'ont posé toutes ces questions sur toi, ta chambre et tes mails.

Elle ferma les yeux et secoua la tête :

— Ils n'arrêtaient pas de me montrer la photo de toi et Cheyenne avec des croix sur les visages, comme celle qu'ils ont trouvée dans ma chambre. Je n'y comprenais rien.

— Cette photo est apparue sur mon bureau la semaine dernière. En voyant la même dans ta chambre, j'ai pensé... que tu essayais de me laisser un message.

Ivy me fusilla du regard :

— Je ne sais pas qui a trafiqué les photos. Mais ce n'est pas moi.

— Je te crois, dis-je à contrecœur.

Je pris une longue inspiration avant de continuer :

— Alors, voilà : j'ai vu la boîte cachée dans ton tiroir et j'ai pensé que tu étais retournée dans la chambre de Cheyenne pour la prendre. J'étais convaincue que cette boîte et le pendentif cassé pouvaient mettre la police sur ta piste... et que c'est pour cela que tu les avais récupérés.

Ivy secoua la tête :

— Ça ne te regarde vraiment pas, Reed, mais c'est la mère de Cheyenne qui m'a envoyé la boîte par la poste, deux semaines après sa mort. Elle savait qu'elle m'appartenait et elle a supposé que j'aimerais la récupérer. J'ignore comment le collier s'est retrouvé dedans.

Je me laissai tomber sur le bord de mon lit, les coudes sur les genoux, le visage entre les mains.

— J'étais tellement sûre que c'était toi ! dis-je à travers mes doigts. J'étais tellement sûre que tout était fini...

— Désolée de te décevoir ! répliqua Ivy, sardonique. Mais je ne suis ni un assassin ni une persécutrice.

— Alors, qui est-ce ? demandai-je.

Je laissai retomber mes bras et la fixai, le dos voûté :

— Qui a bien pu tuer Cheyenne ? Qui a fait tout ça ?

Ivy leva les yeux au ciel, convaincue que je passais à côté d'une évidence :

— Je ne sais pas, moi... Noëlle ?

Je ris malgré moi :

— Tu ne vas pas recommencer.

— Pourquoi pas ? Elle avait le mobile : réintégrer Billings. Elle connaît tous les passages secrets pour entrer et sortir du campus. En plus, elle est foncièrement mauvaise et elle a des raisons de nous en vouloir à toutes les deux. À moi parce que j'ai décliné son invitation à Billings ; à toi parce que tu as voulu prendre sa place pendant son absence. Sans parler de tes frasques avec Dash, ajouta-t-elle d'un ton neutre.

Elle s'adossa à ma penderie et commenta :

— Excellent choix, soit dit en passant. Il est hyper sexy.

— Elle n'est pas mauvaise, juste puissante, dis-je, préférant ignorer sa dernière remarque. C'est toute la différence.

Ivy roula les yeux et s'esclaffa :

— Il est temps que tu la voies telle qu'elle est, Reed. Cette histoire de loyauté, ça commence à devenir pathétique.

Elle indiqua ma chambre d'un geste, comme pour me rappeler comment j'étais arrivée là.

— Pathétique ou pas, Noëlle a un alibi aussi béton que le tien, répliquai-je.

Je calai mes oreillers dans mon dos.

— Elle a passé toute la nuit dans un gala

de charité à New York. Il y a des photos qui le prouvent.

— Pas possible, dit Ivy.

— Eh si !

— Mince.

Sa déception était manifeste. Elle était aussi dépitée d'apprendre l'innocence de Noëlle que je l'avais été d'apprendre la sienne.

— Je n'en reviens pas d'avoir cette conversation avec toi, ironisai-je.

Elle esquissa un petit sourire moqueur :

— Ouais, moi non plus.

Elle inspira, puis expira bruyamment avant de se redresser.

— Alors, si ce n'est ni Noëlle ni moi, dit-elle d'un ton facétieux, qui cela peut-il bien être ? Si on retire Mlle Lange de l'équation, tu deviens une suspecte tout à fait acceptable.

Cette affirmation me fit l'effet d'une gifle. Je me redressai :

— Pardon ?

— Eh, c'est de bonne guerre ! dit Ivy en me présentant ses paumes. C'est toi qui avais le plus d'avantages à tirer de sa mort. Vous étiez à couteaux tirés. Vos chambres étaient dans le même couloir. Tu es la coupable idéale.

— Ce n'est pas moi ! déclarai-je, même si je n'avais aucun alibi à lui opposer. Tu penses ce que tu veux, mais Cheyenne allait partir. Je n'avais aucune raison de la tuer. Je...

— Détends-toi. Je ne te soupçonne pas vraiment, dit Ivy en me détaillant de haut en bas. Tu es beaucoup trop « Annie, la petite orpheline ».

Allez savoir ce qu'elle entendait par là...

— J'ai pensé à plusieurs personnes, reprit-elle, mais j'ai un handicap : je n'étais pas là l'an dernier. Je ne sais pas qui elle voyait... Avec qui elle sortait...

— Je pourrais t'aider à combler les lacunes, proposai-je sans réfléchir.

Elle se tourna vers moi, les sourcils en l'air :

— C'est vrai ?

Je me levai brusquement, tout excitée :

— Et toi, tu pourrais remplir les trous des années précédentes. Si tu penses à des gens susceptibles de lui en vouloir depuis longtemps. Des gens dont je ne connaîtrais même pas l'existence...

Nous échangeâmes un long regard. Ni elle ni moi ne voulions franchir le pas suivant. Je n'avais pas encore complètement digéré le fait qu'elle n'était pas l'ennemie. Que ce n'était pas elle qui m'avait laissé ces affreux « cadeaux » et envoyé ces mails. Ivy Slade était innocente. Pire : elle était une victime comme moi.

— Tu crois que tu en serais capable ? me demanda-t-elle enfin. Je veux dire : de coopérer avec la copine de ton ex ?

Ah, flûte ! J'avais oublié ce détail. Il me fallut tout mon self-control pour contenir une grimace :

— Si ça peut mettre fin à ce délire, je veux bien essayer. Deux cerveaux valent mieux qu'un, non ?

Après une brève hésitation, Ivy me tendit sa main blanche et fine :

— Ouais, c'est ce qu'on dit.

Notre accord fut scellé par une poignée de main. Au fond de moi, j'avais le sentiment de pactiser avec le diable. Mais bon, le diable avait sans doute des méthodes plus efficaces que les miennes. Et qui sait : l'association du bien et du mal était peut-être nécessaire pour résoudre ce problème. Avant que notre persécuteur ne décide de se débarrasser de nous pour de bon.

Nouvelle piste

Le samedi matin au petit déjeuner, j'épiai longuement Josh et Ivy pour tenter de décrypter leur langage corporel. Lui avait-elle parlé de notre accord ? Qu'avait-il pensé de mon cadeau ? L'avait-il seulement reçu ? Entre deux bouchées de flocons d'avoine, je le suppliai en silence de me regarder, juste une fois. En vain.

C'était désespérant.

J'aurais pu tenter de le coincer à la sortie de la cafétéria, mais Ivy et moi nous étions donné rendez-vous dans ma chambre juste après le repas afin de décider d'un plan d'attaque. Je quittai donc Diana et les autres filles, qui allaient réviser à la bibliothèque, et regagnai Pemberly d'un pas pressé, la tête rentrée dans les épaules pour me protéger du froid. Après avoir montré patte blanche dans le hall, je patientai à peine cinq minutes dans ma chambre avant qu'Ivy fasse son apparition. Elle frappa et attendit que je lui ouvre la porte. Une marque de politesse dont la plupart des filles Billings se sentaient dispensées. Elle s'engouffra dans la pièce en retirant sa casquette et son manteau blancs :

— Salut !

— Salut.

J'attendis une allusion au cadeau que j'avais offert à Josh. Allait-elle m'accuser d'avoir fait des avances à son mec ? Penser qu'elle se sentait propriétaire de lui me donnait de l'urticaire.

— J'ai apporté ma liste de suspects, annonça-t-elle en sortant une feuille de son sac. Bien sûr, ils sont tous barrés maintenant, à part toi.

Ivy se comportait normalement. J'en déduisis que Josh n'avait pas reçu mon cadeau, ou qu'il avait choisi de ne pas lui en parler. Intéressant... S'il gardait le secret, cela signifiait peut-être qu'il avait été touché. Que je comptais encore un peu pour lui. Je me défendis de trop espérer et consultai la liste d'Ivy. Elle était froissée, raturée, couverte d'annotations et maculée de taches de café. La preuve qu'elle avait réfléchi à la question au moins autant que Marc et moi. Et que la mort de Cheyenne l'avait profondément affectée.

— Je serais curieuse de savoir combien de gens à Easton ont fait ce genre de liste, observai-je en allant m'asseoir à mon bureau.

— Qu'est-ce que tu veux dire ? Tu en connais d'autres ? demanda Ivy.

Elle s'assit au bord de mon lit et tira sur sa minijupe noire.

— Marc Alberro. Il était amoureux de Cheyenne et se voit déjà en reporter vedette du *New York Times*, expliquai-je. Il mène l'enquête, lui aussi.

— Jamais entendu parler de lui, dit Ivy en haussant les épaules.

— Eh bien, c'est fait. Une première lacune comblée.

— Exact. Tu me montres ta liste ?

Je la lui tendis. Elle la parcourut et ricana :

— Sans blague ! Tu as vraiment enquêté sur des filles Billings ?

Je piquai un fard sans trop savoir pourquoi. Pour masquer mon trouble, je me concentrai sur mon ordinateur et lançai Google, au cas où...

— Ben oui. Pourquoi pas ?

— Je suis surprise. Je pensais que vous étiez liées par votre fameuse « loyauté entre sœurs », dit-elle avec un mépris évident.

Je lui arrachai la liste des mains :

— Je ne suis pas idiote. Une de mes

« sœurs » a essayé de me tuer l'an dernier, au cas où tu ne le saurais pas.

— C'est vrai, admit-elle, un soupçon de contrariété dans la voix. Qui aurait cru que cette fille était une psychopathe ?

Elle coula un regard oblique vers moi :

— C'est peut-être elle qui te persécute... Qui *nous* persécute.

Je me couvris instantanément de chair de poule. Penser qu'Ariana rôdait dans l'ombre de ma vie me terrorisait. Je m'efforçai de chasser cette impression pénible.

— Impossible. Elle est enfermée dans un asile.

— Ouais, c'est ce qu'il disent..., murmura Ivy avec un sourire entendu.

Le pétillement dans ses yeux me confirma qu'elle ne parlait pas sérieusement : elle ne croyait pas vraiment qu'Ariana était à l'origine de nos ennuis. Pourtant, mon malaise persista. Ariana avait tout de même essayé de me balancer du toit de Billings en décembre dernier. J'avais du mal à plaisanter sur ce sujet.

— Imagine qu'elle soit quelque part sur le campus à la seconde où je te parle..., continua Ivy.

Avec un frisson de peur, je me rappelai que plusieurs fois, depuis le début du trimestre, j'avais eu l'impression d'être observée. Je me souvins de ces yeux bleus froids qui m'avaient épiée derrière un rayonnage, à la bibliothèque. Quand j'étais allée vérifier, je n'avais trouvé personne. Cependant, j'étais bien obligée d'admettre que ce comportement tordu, qui consistait à me laisser des objets troublants et à m'envoyer des mails macabres, ressemblait étrangement à Ariana.

Sauf que c'était impossible. Ariana Osgood était enfermée dans un hôpital psychiatrique, quelque part. Loin d'ici.

— On a déjà vu des choses plus étranges, non ? insista Ivy.

Elle continuait à surfer sur sa théorie, se délectant visiblement de la peur qu'elle me causait.

— Je peux te poser une question ?

— Bien sûr.

— Pourquoi tu as accroché cette photo au-dessus de ton lit ? Tu détestais Noëlle et Ariana. Et voir le visage de Cheyenne chaque matin au réveil ne devait pas être spécialement agréable. En plus, cette photo a été prise le pire jour de ta vie.

Ivy arqua un sourcil :

— Je vois qu'on a fait des recherches...

Elle baissa les yeux et arracha une peluche invisible sur sa jupe.

— Je garde cette photo pour deux raisons. Premièrement, parce que j'ai passé un bon moment, ce jour-là, à nettoyer le parc. C'est le dernier bon souvenir que j'ai avec Cheyenne, et même... avec les deux autres.

Elle rougit légèrement et plongea son regard dans le mien :

— Et deuxièmement, chaque fois que je la regarde, cette photo me rappelle que tu as beau passer de bons moments avec des gens, ils peuvent te laisser tomber sans prévenir, du jour au lendemain.

Son commentaire m'atteignit droit au cœur. Ivy avait raison. C'était exactement ce que m'avaient fait les filles Billings. Mais j'avais humilié l'une d'entre elles, l'une des nôtres. Ivy n'avait jamais rien fait qui puisse les blesser.

C'était fou. En définitive, Ivy était encore plus innocente que moi.

— Si on se remettait au boulot ? suggérai-je.

— Ça marche !

Ivy croisa les bras :

— Donc, tu as enquêté sur certaines filles Billings, mais pas toutes.

— Pourquoi j'aurais enquêté sur toutes les filles Billings ? protestai-je. La plupart n'ont pas le commencement d'un mobile.

— Je ne sais pas..., fit Ivy en haussant les épaules. Parce qu'elles en auraient toutes eu la possibilité. Quand on y réfléchit, ça paraît évident : un étranger aurait eu du mal à s'introduire dans votre dortoir en pleine nuit sans se faire remarquer.

— À Easton, c'est relativement facile de se procurer une carte magnétique pour entrer dans n'importe quel dortoir, signalai-je.

— Je sais, confirma Ivy. Il suffit de fouiller dans la boîte, dans le bureau de Mlle Lewis. Mais...

— Comment tu es au courant ? l'interrompis-je.

— C'était une de nos « épreuves » à Billings, dit Ivy, insistant sur les guillemets. On devait fabriquer des clés de Ketlar pour toutes nos sœurs. Rétrospectivement, ce n'était pas très difficile. Mais bon, en admettant que quelqu'un ait eu la clé, vous auriez forcément remarqué un étranger déambulant dans votre dortoir. Vous n'êtes que seize.

Elle avait raison, une fois de plus.

— Je propose qu'on examine le cas de toutes les filles Billings, enchaîna-t-elle. De toute manière, on n'a pas d'autres suspects pour le moment.

Je ne l'aurais pas admis, même sous la torture, mais cela me parut une bonne idée.

Après tout, Ariana était une de mes meilleures amies, et je ne l'avais pas soupçonnée une seconde d'avoir assassiné Thomas. Et donc, il n'était pas exclu qu'une autre pensionnaire de Billings, tout aussi innocente en apparence, ait pu commettre cet acte odieux.

— Si seulement j'avais encore ce CD, soupirai-je.

— Quel CD ?

J'hésitai une seconde avant de comprendre que je n'avais aucune raison de lui cacher cette information. Nous étions partenaires, non ? Et Ivy ne risquait pas de voir un jour ces fichiers secrets. Le CD avait depuis longtemps disparu. J'inspirai à fond et me tournai sur ma chaise de bureau, les mains entre les genoux :

— J'avais un CD qui contenait un tas d'informations personnelles sur les filles Billings. On me l'a donné quand j'étais présidente, je ne sais pas trop pourquoi, mais... Enfin bref, je l'ai détruit.

— Ah bon ? Pourquoi ? voulut savoir Ivy.

— Pour ne pas avoir à le donner à Noëlle. Pour sauver la face, en gros.

— Et tu n'en as pas fait de copie ?

— Non.

De nouveau, je me reprochai mon manque de prévoyance.

— Bien joué, petit génie ! commenta Ivy en se levant.

Je piquai un fard et me retins de lui sauter à la gorge. Travailler avec elle promettait d'être éprouvant.

— Et tu l'as consulté ?

— Ouais, une fois. J'ai regardé mon fichier perso.

— Sympa ! Sur cet ordinateur ?

— C'est le seul que j'ai.

Où voulait-elle en venir ? Elle me fit signe de quitter ma chaise :

— Pousse-toi. On va essayer un truc.

Elle plaisantait ou quoi ? Comme si j'allais la laisser utiliser mon ordinateur.

Ivy roula les yeux.

— Tu es vraiment parano, hein ? Je ne vais pas le saboter, m'assura-t-elle d'un ton condescendant. Je veux juste voir quelque chose. Tu n'as qu'à me surveiller...

Elle fit mine de s'asseoir. Si je ne bougeais pas, elle allait se retrouver sur mes genoux. Je lui abandonnai donc ma chaise et m'éloignai de quelques pas. Ivy ouvrit deux fenêtres, puis double-cliqua sur un dossier intitulé « Fichiers temporaires ».

— Et voilà ! s'exclama-t-elle joyeusement.

Je regardai par-dessus son épaule. Le premier

dossier, en haut de la page, avait pour titre : « Résidentes actuelles de Billings ».

— Pas possible !

Je me penchai au-dessus d'Ivy pour cliquer sur l'icône. Tous les fichiers apparurent, de celui de Noëlle jusqu'au mien.

— Les ordinateurs gardent en mémoire les fichiers que tu ouvres tant que tu ne les supprimes pas, me confia Ivy en se levant.

Elle tourna la chaise pour m'inviter à m'asseoir :

— Je suis toujours étonnée de voir que la plupart des gens n'en savent rien.

J'ignorai cette allusion à mes lacunes en informatique. Mon cœur battait la chamade. Dire que, pendant tout ce temps, les informations que je regrettais de ne plus pouvoir consulter m'attendaient sagement dans mon ordinateur ! J'aurais dû faire équipe plus tôt avec la hackeuse en chef de Pemberly !

— Par quoi on commence ? demanda Ivy.

Elle brûlait visiblement de découvrir les secrets inavouables des filles Billings. Tellement prévisible !

— Commençons par Cheyenne, suggérai-je en cliquant sur son fichier.

Même quand je possédais encore le CD, je n'avais jamais eu le cran de consulter le fichier de Cheyenne. Pour moi, fouiller dans les secrets d'une personne morte avait quelque chose de profanateur. Mais aujourd'hui, je devais me convaincre que Cheyenne l'aurait souhaité. Elle aurait voulu qu'on découvre l'identité de son assassin, pour qu'il soit puni.

— C'est logique, non ? me justifiai-je. Il y a peut-être un truc dans son dossier qu'on ignore toutes les deux.

— C'est vrai, reconnut Ivy, visiblement déçue.

C'était clair que le dossier de Noëlle l'attirait comme le Saint Graal.

Celui de Cheyenne était nettement plus fourni que le mien. Je parcourus sans m'y attarder les infos basiques : les partenaires actuels de ses parents, leurs anciens amants et maîtresses. Leur boulot, leurs revenus, leur patrimoine immobilier... Suivait le CV de Cheyenne : date de naissance, scolarité, loisirs, divers trophées remportés. Il y en avait des kilomètres, preuve que Cheyenne était aussi perfectionniste qu'elle le prétendait.

Puis venait le chapitre des relations amoureuses.

— Ça alors ! m'exclamai-je, tandis qu'Ivy sifflait :

— Je savais que c'était une tombeuse, mais pas à ce point.

La liste des conquêtes de Cheyenne, interminable, se composait de noms accompagnés de dates. Certains étaient même suivis de plusieurs dates, indiquant qu'elle avait rompu et renoué avec un même garçon. Presque toutes les périodes se chevauchaient. Pour l'essentiel, ces noms ne me disaient rien. Quelques-uns seulement m'étaient familiers : Trey Prescott et Ennis Thatcher, de la Barton School ; Daniel Ryan, diplômé d'Easton deux ans plus tôt. Dominic y figurait aussi, ainsi que Gage et plusieurs autres mecs de l'école. Je fis défiler la liste à l'écran, perplexe. Comment une fille de mon âge avait-elle pu avoir autant de...

— Stop ! cria soudain Ivy.

— Quoi ? sursautai-je, au bord de la crise cardiaque.

— Remonte !

Je m'empressai d'obéir.

— Là !

Ivy tendit un doigt et se pencha si près de mon épaule que ses cheveux me chatouillèrent la joue.

— Est-ce que j'ai bien lu : Dustin Carmichael ?

Mes yeux avaient déchiffré le nom, mais mon cerveau tardait à réagir. La question d'Ivy me sortit de ma léthargie et j'ouvris des yeux ronds :

— Dustin Carmichael ? Comme...

— Le père d'Amberly ! termina Ivy en même temps que moi.

Elle fit une grimace de dégoût :

— Beurk ! Ce type a au moins 40 ans !

Je sentis un flot de bile monter dans ma gorge. Je déglutis et m'efforçai de rester concentrée sur notre tâche. Je consultai les dates indiquées près du nom qui nous intéressait. Cheyenne était sortie avec Dustin Carmichael à la fin de l'été, deux semaines avant le début des cours.

— Je sais qu'il est sur la liste des cinq hommes les plus riches du monde, mais quand même, marmonnait Ivy. Tu crois qu'ils ont...

— Ivy, s'il te plaît, tais-toi une seconde !

— Pardon ? répondit-elle, vexée.

— Oublie le côté répugnant de la chose et concentre-toi ! insistai-je. Cheyenne a eu une liaison avec le père d'Amberly juste avant le début des cours. Autrement dit, trois ou quatre semaines avant d'être assassinée.

Ivy comprit enfin. Elle fronça les sourcils :

— Tu crois que cette petite cruche aurait pu...

— Pourquoi pas ? C'est un mobile comme un autre, dis-je en me levant. Imagine qu'Amberly l'ait appris et que ça l'ait mise dans une colère noire... En plus, on sait toutes que la mort de Cheyenne a permis à Noëlle de réintégrer Billings. Cela faisait parfaitement l'affaire d'Amberly, qui criait sur les toits que Noëlle était son amie de toujours. Elle avait peut-être prévu que le retour de Noëlle l'aiderait à entrer à Billings.

— C'est exactement ce qui s'est passé, murmura Ivy, les yeux écarquillés.

— Je le savais ! Je savais que cette fille n'était pas nette. Voilà pourquoi elle voulait à tout prix récupérer le CD ! Elle avait peur que je découvre la liaison entre son père et Cheyenne ! Elle essayait de se protéger.

— Comment ça, elle voulait récupérer le CD ? demanda Ivy.

— J'ai fait croire à Noëlle que j'en avais gardé une copie pour lui faire peur, expliquai-je. Amberly a entendu notre conversation et exigé que je lui donne le CD. Comme je ne l'ai pas fait, elle est venue le chercher ici, en saccageant ma chambre au passage.

— Sans blague, s'étrangla Ivy. Mais c'est une vraie malade ! Même si ce n'est pas la seule à avoir fouillé dans la chambre d'une autre fille, ajouta-t-elle avec un regard entendu.

— Très drôle !

Ivy me répondit par un rictus.

— Attends, dit-elle en récupérant ma liste de suspects sur mon bureau. Tu avais noté Amberly, mais tu l'as barrée. Pourquoi ?

Je louchai sur la feuille. J'avais effectivement ajouté le nom d'Amberly à ma liste lorsque j'avais remarqué qu'elle copiait les tenues d'Ariana, et je l'avais biffé après avoir discuté avec ses amies.

— Ses camarades de chambre lui ont fourni un alibi.

— Solide ?

Je tentai de me remémorer mon entrevue avec Lara et Kirsten dans les toilettes. Kirsten avait affirmé qu'Amberly était rentrée dans leur chambre au petit matin, et Lara s'était empressée de la corriger, disant qu'il faisait encore nuit dehors.

— Non. Sa copine Lara cachait quelque chose, j'en suis sûre.

Je secouai la tête :

— Mince ! Je le savais ! J'aurais dû insister.

Je fermai les yeux et portai une main à mon front. Je m'étais intéressée au cas d'Amberly deux jours plus tôt, mais j'avais lâché l'affaire parce que sa complice, une gamine de troisième, m'avait servi une histoire à dormir debout.

Rien ne l'empêchait de mentir sur l'heure du retour d'Amberly la nuit du meurtre. Et, si elle avait menti, tout collait.

— Tu crois que c'est elle aussi qui nous persécute ? demanda Ivy.

Je clignai des yeux plusieurs fois avant de comprendre de quoi elle parlait. J'avais complètement occulté cette histoire de persécution.

— Je ne sais pas.

— Réfléchis. Amberly tue Cheyenne, puis elle essaie de te rendre dingue en te faisant croire que tu es responsable de son suicide. Histoire d'enfoncer le clou, elle te laisse des petits cadeaux sadiques...

La veille au soir, une fois notre pacte conclu, j'avais raconté à Ivy ce que m'avait fait subir mon persécuteur. Elle s'était décomposée au fur et à mesure de mon récit. Finalement, elle n'était peut-être pas aussi inhumaine que je le pensais.

— Elle a dû se dire que tu craquerais et que tu quitterais Billings, reprit Ivy. Après le retour de Noëlle, elle voulait libérer une place pour elle dans le dortoir. D'ailleurs, ça aussi, ça a marché.

— En plus, en se débarrassant de moi, elle devenait la meilleure amie de Noëlle à Billings, dis-je lentement. Noëlle se sera empressée de lui raconter quelles humiliations ses amies et elle m'ont infligées pendant mon initiation, l'an dernier. Voilà comme Amberly a appris l'histoire des pinceaux à blush...

Les jambes en coton, j'allai m'asseoir sur le bord de mon lit. Ivy avait raison. Cette folle vivait dans ma chambre, dormait dans mon lit, utilisait ma salle de bains. Elle cohabitait avec Sabine !

— Mais alors, et les croix sur ta photo ? demandai-je.

— Je suppose que c'était une tentative pour me désigner comme coupable, dit Ivy.

Elle se mit à faire les cent pas dans ma chambre minuscule :

— D'ailleurs, son stratagème a fonctionné... pendant quelques heures. Punaise ! Cette fille est vraiment vicieuse.

Toutes les pièces de ce puzzle sordide se mettaient peu à peu en place.

— Je n'en reviens pas de ne pas l'avoir compris plus tôt, grommelai-je.

— C'est sans importance. Ce qui compte, c'est qu'on a fini par le voir.

Ivy marqua une pause avant d'ajouter :

— Alors, qu'est-ce qu'on fait maintenant ?

— Il nous faut des preuves, affirmai-je. Des éléments concrets qu'on pourra apporter à Hauer. Après ce qui s'est passé hier, il ne nous croira jamais sur parole.

Ivy eut un nouveau rictus :

— La chance est avec nous : Billings sera désert ce soir.

Je la regardai en fronçant les sourcils avant de comprendre :

— La pré-fête d'anniversaire de Kiran ?

— Exactement.

Ivy s'assit à mon bureau et fit claquer les mains sur ses cuisses :

— On n'a plus qu'à trouver un moyen d'entrer dans sa chambre pour la fouiller. Et voir ce qu'on trouve.

— Heureusement, j'ai encore des alliées dans la place, dis-je.

Le cœur battant, je pris mon téléphone et composai le numéro de Sabine. Je tombai directement sur la boîte vocale. Faute de mieux, je décidai de lui laisser un message :

— Sabine, c'est Reed. Écoute, ça risque de te paraître dingue, mais je voulais juste t'avertir... Je crois que c'est Amberly qui me persécute depuis le début... Alors, s'il te plaît, fais attention à toi. Appelle-moi quand tu auras ce message.

Je raccrochai, puis composai le numéro de Constance, qui décrocha dès la première sonnerie.

— Salut, Reed ! dit-elle joyeusement. Qu'est-ce que tu veux ?

— Constance, j'ai besoin de ta carte magnétique de Billings.

— Pour quoi faire ?

— Il faut que je retourne dans mon ancienne chambre. Je... j'ai laissé quelque chose là-bas, et maintenant j'en ai besoin, improvisai-je en lorgnant vers Ivy, qui hocha la tête.

— Ah. Si tu veux, je peux le récupérer pour toi, proposa Constance.

Je fermai les yeux de toutes mes forces et serrai mon poing libre. La bonne volonté de Constance avait parfois des inconvénients.

— En fait, je l'ai caché et ce serait trop compliqué de t'expliquer où c'est. J'aimerais bien le récupérer ce soir, quand Sabine et Amberly seront sorties.

Constance laissa planer un silence avant de répondre :

— D'accord. Ça marche.

Je regardai Ivy en levant le pouce.

— Et... Constance ? Tu n'en parles à personne, d'accord ? Les filles flipperaient en apprenant que je vais entrer dans leur dortoir, même cinq minutes.

— Je comprends. Motus et bouche cousue !

Je te ferai passer la carte au déjeuner et je m'arrangerai pour entrer avec quelqu'un.

— Qu'est-ce que je ferais sans toi ?

Je sentis mon amie rougir au bout du fil :

— Arrête, Reed ! Ce n'est vraiment pas grand-chose. À tout à l'heure !

— À tout à l'heure.

Je coupai la communication en tenant le téléphone à deux mains pour réprimer un tremblement nerveux. Puis je me tournai vers Ivy, un sourire sinistre aux lèvres :

— Voilà. C'est comme si on y était.

RÉVÉLATION

En franchissant le seuil de Billings, j'eus la même sensation que lorsque j'étais retournée dans mon ancien collège après être entrée au lycée. J'aurais dû m'y sentir chez moi, et pourtant les lieux me semblaient étrangers. Comme si le décor avait changé. Comme si les murs eux-mêmes avaient senti que j'étais une intruse. Je fus prise d'une vague appréhension lorsqu'Ivy empoigna la rambarde et monta l'escalier. La première marche grinça effroyablement dans le silence.

— Allez, Reed ! souffla-t-elle. On y va !

Elle était vêtue en noir de la tête aux pieds, telle une cambrioleuse professionnelle. Ma tenue était moins appropriée : je portais ma minirobe en lamé sous un long manteau de laine. J'espérais bien avoir terminé à temps pour monter dans le bus et rejoindre la fête d'anniversaire de Kiran.

— J'arrive, répondis-je à voix basse.

Nous montâmes l'escalier quatre à quatre jusqu'au dernier étage, où se trouvait mon ancienne chambre. Je montrai la porte à Ivy, le cœur battant comme si je venais de boire une dizaine d'expressos. C'était trop bizarre.

Quand Ivy ouvrit la porte, ce sentiment céda la place à la stupéfaction.

Le côté de la chambre que j'occupais avait été réquisitionné par la Société de Protection des Ours en peluche. Et tout était couleur pastel : le couvre-lit rose pâle, les taies d'oreiller bleu clair et jaune paille. Amberly avait même suspendu au plafond une espèce de baldaquin qui entourait son lit d'un voile, dans le style Princesse Disney. Les murs étaient ornés de photos encadrées d'une fille, probablement sa petite sœur, qui posait en souriant devant plusieurs merveilles du monde : le Taj Mahal, la Grande Muraille de Chine, les pyramides d'Égypte. J'aurais été impressionnée si les photos n'avaient pas été aussi figées. On aurait dit des montages réalisés à partir d'une brochure d'agence de voyages.

— Cette fille devrait vraiment se faire soigner, observa Ivy.

Elle montra du doigt une série de poupées

en porcelaine disposées sur l'étagère au-dessus de mon ancien bureau. Leurs yeux vides nous fixaient par-dessous leurs anglaises impeccables.

— Allons-y, qu'on en finisse ! proposai-je.

— Ça marche !

Ivy alluma la lampe de bureau d'Amberly et alla fermer doucement la porte de la chambre. Je m'attaquai aux tiroirs du bureau, pendant qu'elle s'agenouillait et tirait plusieurs boîtes de sous le lit. Pour tout butin, je ne trouvai qu'une imposante collection de fournitures scolaires Hello Kitty. Ivy découvrit un carton d'ustensiles de travaux manuels et des recueils de poésie, qu'elle feuilleta à tout hasard.

— Tu vois quelque chose d'intéressant ? lui demandai-je.

— Rien.

— Je m'occupe du placard.

— OK. Je prends la commode.

J'inspectai méthodiquement les boîtes à chaussures, les piles de livres et de vêtements. Ivy faisait claquer chaque tiroir après l'avoir fouillé. Je sursautais un peu plus fort à chaque fois.

— Tu veux bien arrêter ce boucan ?

— Il n'y a rien là-dedans ! grommela-t-elle sans s'excuser.

Elle était visiblement déçue :

— Peut-être dans la salle de bains...

En faisant demi-tour, Ivy cogna brutalement l'extrémité du lit de Sabine. Le matelas alla percuter la table de chevet. Une chandelle et un cadre tombèrent sur le sol dans un fracas de verre brisé.

— Merde ! pesta Ivy à voix basse.

— Je m'en occupe.

J'allai ramasser les affaires de Sabine. Je reposai la bougie à sa place et examinai le cadre. Son verre était brisé en plein milieu. Mince ! Je n'aurais plus qu'à en offrir un nouveau à Sabine. J'allais le démonter pour retirer les éclats de verre quand je remarquai quelque chose de bizarre sur la photo. Je n'avais encore jamais regardé attentivement ce double portrait de Sabine et de sa mère. De près, je remarquai une main supplémentaire sur l'image. Une main de femme blanche. Quelqu'un avait passé le bras sur l'épaule de Sabine, de l'autre côté.

— C'est bizarre, murmurai-je.

— Quoi ?

Ivy s'approcha de moi.

— Regarde. Elle a coupé la photo pour retirer quelqu'un, dis-je en montrant la main.

— Ou alors elle l'a pliée, suggéra Ivy.

Elle me prit le cadre des mains et entreprit

de retirer les fixations à l'arrière. Je tentai de lui reprendre la photo :

— Ivy ! Qu'est-ce que tu fais ? Je t'interdis de fouiner dans les affaires de Sabine !

— Il faut qu'on retire le verre cassé, dit-elle d'un ton neutre.

Elle finit par libérer le cliché et les éclats de verre tombèrent sur le lit. La photo était effectivement pliée. Je récupérai les restes du cadre, tandis qu'Ivy la dépliait. Sa soudaine pâleur m'alerta autant que son exclamation :

— Ça alors !

— Quoi ? Qu'est-ce qu'il y a ?

Elle me présenta la photo en la plaquant sur sa poitrine.

Brusquement, tout autour de moi devint flou. Mes yeux s'étaient focalisés sur le portrait d'une jolie blonde aux yeux bleus glacés. Sur le visage d'Ariana Osgood.

Je tendis une main vers le cliché. Je tremblais de tout mon corps. De l'autre côté d'Ariana se trouvait un homme d'âge mûr aux cheveux blancs et aux yeux bleus, surpris en plein éclat de rire. Le père d'Ariana. Forcément : il lui ressemblait comme deux gouttes d'eau.

Je voyais tout cela, mais je ne le comprenais pas. Mon cerveau refusait de traiter l'information. M. Osgood, un bras passé sur les épaules d'Ariana. Ariana souriante, enlaçant Sabine, qui serrait sa mère tout contre elle. On aurait dit une grande famille, une famille heureuse.

— Je ne comprends pas, lâchai-je.

Je m'assis sur le lit de Sabine. J'avais le souffle court et je respirais par saccades :

— Vraiment, je ne comprends pas.

— Sabine t'a déjà dit qu'elle connaissait Ariana ? se renseigna Ivy en s'asseyant à côté de moi.

— Jamais.

Mon cerveau moulinait à toute vitesse :

— Sabine est soi-disant ma meilleure amie, mais elle m'a caché cette information. Elle connaît la fille qui a essayé de me tuer. On dirait même qu'elles sont... amies.

— Tu ne penses pas qu'elle est... Je veux dire, que Sabine est...

Ivy laissa sa phrase en suspens, comme si elle ne pouvait se résoudre à dire ce qu'elle pensait. J'étais comme elle. Pire : je n'arrivais même pas à l'envisager. Penser que Sabine puisse être notre persécutrice. Que la douce et inoffensive Sabine avait peut-être assassiné Cheyenne.

Je me levai d'un bond, sans lâcher la photo.

— Il faut que j'y aille ! annonçai-je, aveuglée par la rage et la confusion.

— Où ça ? demanda Ivy en se levant à son tour.

— Pendant tout ce temps, j'ai vécu à côté d'elle ! Je lui ai fait confiance ! Et elle, elle me mentait ! crachai-je. Si elle a pu me cacher ça, je veux savoir quels autres mensonges elle m'a faits !

— Reed, tu ne peux pas l'affronter comme ça. Il faut qu'on appelle la police, dit Ivy d'un ton ferme.

Elle se planta devant moi pour me barrer le passage.

— Appelle la police si tu veux. Moi, j'y vais !

Elle me saisit le poignet :

— Attends ! Elle est peut-être dangereuse.

— Et alors ? Il y a des centaines de personnes à cette fête. Que veux-tu qu'elle me fasse devant des centaines de personnes ?

— Reed, je ne peux pas te...

— Soit tu me laisses passer, soit je passe de force ! prévins-je.

Ivy me lâcha. Une seconde plus tard, je traversais la cour carrée en courant pour aller demander des comptes à la fille qui se prétendait ma meilleure amie.

AVEUX

À l'approche du solarium, des flots de musique assourdissante compliquèrent encore la tâche d'Ivy, qui tentait d'exposer la situation au téléphone à un policier obtus. Des spots roses et rouges baignaient la salle d'une lueur irréelle, transformant les visages en masques grotesques. Je m'engouffrai la première dans la foule. Tout autour de moi, les élèves d'Easton riaient, sirotaient du punch et dansaient. Mes amis n'étaient pas les derniers à faire la fête.

Mais où était Sabine ?

— Reed ! Je suis contente que tu sois venue.

Noëlle venait d'apparaître devant moi comme par enchantement. Elle glissa une main chaude dans la mienne.

— Il est temps qu'on ait une petite conversation, toutes les deux.

— Non, répondis-je. Pas maintenant.

Son air dépité ne m'échappa pas, mais je n'avais pas le temps de me justifier. Je lui faussai compagnie et repartis à la recherche de Sabine. Derrière moi, j'entendis Noëlle barrer le passage à Ivy, au prétexte qu'elle n'était pas invitée. Si elle avait su ce qu'elle venait de faire pour moi, et combien les choses avaient changé... Mais bon, elle l'apprendrait bien assez tôt.

— Salut, Reed !

C'était Josh, plus craquant que jamais dans son costume, avec sa chemise déboutonnée. Il s'approcha de moi et colla ses lèvres contre mon oreille :

— J'ai eu ton cadeau. Merci beaucoup ! Les pinceaux... la lettre... c'était hyper émouvant. On peut aller quelque part pour discuter ?

C'est à peine si j'enregistrai ces paroles, tellement la rage m'obnubilait. Et, soudain, j'aperçus Sabine. Elle dansait avec Astrid, Constance, Trey et Gage. Avec mes amis. De quel droit s'approchait-elle de mes amis ?

— Plus tard ! lançai-je à Josh.

Je m'éloignai en coup de vent, bousculant au passage quelques filles Billings et garçons de Ketlar. Je contournai Astrid et Constance.

Sabine me vit approcher et son visage s'éclaira :

— Reed ! Te voilà ! On se demandait quand tu...

Tremblant des pieds à la tête, je dépliai la photo et la lui collai sous le nez. Sabine arrêta de danser.

— Tu veux bien m'expliquer à quoi ça rime ? demandai-je, farouche.

Astrid, Constance, Trey et Gage cessèrent à leur tour de se trémousser et échangèrent des regards inquiets. Ils ne voyaient pas la photo, mais ils avaient manifestement perçu la tension ambiante. Le sourire de Sabine s'évanouit.

— Où tu as trouvé ça ? demanda-t-elle d'une voix à peine audible.

— Tu sais parfaitement où je l'ai trouvé. Dans le cadre, sur ta table de chevet.

Je m'avançai lentement vers elle, tenant toujours la photo devant moi :

— Comment connais-tu Ariana, Sabine ? Quels sont tes liens avec elle ? Comment as-tu osé me cacher une chose pareille pendant si longtemps ?

Sabine regarda autour d'elle et fut prise d'un rire nerveux. Nos amis communs la considéraient avec surprise.

— Je ne sais pas ce qu'elle raconte, se défendit-elle en secouant la tête.

— Voilà la preuve ! m'écriai-je en lui jetant la photo à la figure. Inutile de le nier. Dis-moi la vérité, Sabine. Qu'est-ce que tu fabriques avec Ariana Osgood ?

Sabine se remit à sourire et me regarda comme si j'avais perdu la tête. Mon sang entra en ébullition.

— Reed, je...

— Cette fille a essayé de me tuer ! hurlai-je. Dis-moi comment tu connais cette garce psychopathe !

Soudain, quelque chose en Sabine parut céder. Le masque de chiot innocent tomba, remplacé par une expression sombre, malveillante. Comme un feu qui couvait.

— Ne l'appelle pas comme ça, dit-elle durement.

J'éclatai de rire malgré moi :

— Comment ? Garce psychopathe ? C'est pourtant exactement ce qu'elle est.

Sabine se campa devant moi si brusquement que je faillis tomber à la renverse. Elle plongea ses yeux verts dans les miens.

— Ce n'est pas une garce psychopathe ! siffla-t-elle entre ses dents. C'est ma sœur.

Ce fut comme si l'univers tout entier avait soudain été aspiré dans un siphon. Les lumières, la musique, les voix, les rires, le tourbillon de couleurs : tout disparut en un éclair. Je ne voyais plus que la rage qui consumait les yeux de Sabine. Si familière. Un pur reflet de la férocité d'Ariana.

Ainsi, Ariana était la sœur de Sabine. Celle qu'elle évoquait comme son héroïne, à qui elle avait rendu visite en ville, celle qui était « à la campagne » au moment de la collecte de fonds. Pendant tout ce temps, elle parlait d'Ariana ! « À la campagne », tu parles ! Elle était complètement à l'ouest, oui ! Je me rappelai soudain que, deux semaines plus tôt, Sabine avait essayé de me soutirer des confidences sur ma rupture avec Josh. Elle prétendait avoir aidé sa sœur à surmonter une rupture pénible. Parlait-elle d'Ariana et Thomas ? Je m'étais vraiment fait avoir dans les grandes largeurs !

— Ta quoi ? lâcha Constance, me ramenant brusquement à la réalité, avec tout ce qu'elle avait de vertigineux.

— C'est donc toi, dis-je tranquillement.

Sabine avait tué Cheyenne. Elle m'avait persécutée. Et tout cela, dans le seul but de venger Ariana.

— C'est toi qui as fait tout ça.

Sabine se contenta de me fixer, mais je vis un éclair de triomphe traverser son regard.

Elle ne semblait même pas furieuse d'avoir été démasquée. Au contraire : elle paraissait... excitée.

— Attends une seconde, intervint Trey en s'approchant.

Un petit attroupement s'était formé autour de nous : Trey, Noëlle, Astrid, Gage...

— Qu'est-ce que tu entends par là, Reed ? Que se passe-t-il ? insista Trey.

J'étais incapable de lui répondre. Sabine m'hypnotisait littéralement.

— Pourquoi tu as tué Cheyenne ? lui demandai-je, la gorge nouée. Si c'est à moi que tu en voulais, pourquoi ne pas t'en prendre directement à moi ? Pourquoi a-t-il fallu que tu lui fasses du mal à elle ?

Ma voix se brisa sur le mot « mal », ce qui décupla encore ma fureur. Trey et Gage échangèrent des regards effarés.

— Parce que je voulais te faire comprendre, dit Sabine entre ses dents. Je voulais que tu saches ce que ça fait de perdre la tête. Je voulais te faire subir ce que tu as fait subir à ma sœur. Œil pour œil, dent pour dent.

— Quoi ? intervint Trey. Vous pouvez m'expliquer de quoi vous parlez, les filles ?

Je levai une main :

— Laisse-la finir. Ça fait du bien de se

confier, hein, Sabine ? Ariana était aussi soulagée que toi. C'est agréable de dire enfin tout ce qu'on a sur le cœur.

— Ne parle pas de ma sœur comme si tu la connaissais ! aboya Sabine. Tu l'as détruite !

La foule se resserrait autour de nous. Quelques exclamations fusèrent :

— La sœur d'Ariana ?

— Sabine ?

— Reed vient de dire que Sabine a tué Cheyenne.

Josh se faufila au premier rang des badauds, l'air inquiet. Le voir m'insuffla une force nouvelle.

— Très bien. Admettons que j'aie détruit Ariana, dis-je d'un ton plein de sarcasme. Quel rapport avec Cheyenne ?

Sabine eut un rire mauvais :

— Pour ça, tu n'as qu'à t'en prendre à Josh. Je voulais juste aider Cheyenne à te le voler, comme tu as volé Thomas à Ariana. Facile en théorie, mais quasiment impossible dans la pratique. Josh t'aimait trop. Il était trop résistant. J'ai dû le droguer à mort pour qu'il rejoigne Cheyenne au cimetière de l'art.

Mes poumons se dégonflèrent d'un coup. Astrid devint livide et Constance poussa un petit gémissement.

— Quoi ? s'exclama Josh. C'est toi qui

m'as fait avaler ces pilules ? Tu aurais pu me tuer !

Sabine s'esclaffa :

— Arrête ton char. Regarde-toi, tu es en pleine forme !

Je n'arrivais pas à détacher mes yeux de son visage. J'avais beau chercher, je ne lui trouvais aucune ressemblance avec la fille que j'avais connue cette année, la douce Sabine. Celle-ci n'était que noirceur.

— D'ailleurs, ça n'a même pas suffi ! enchaîna-t-elle. Vous vous êtes quand même remis ensemble. J'étais trop dégoûtée quand j'ai vu que tu lui pardonnais !

Elle fixait mes pieds comme si elle se retenait de cracher dessus :

— C'est là que j'ai compris que j'allais devoir prendre des mesures plus radicales.

— Alors, c'est vrai ? Tu as tué Cheyenne juste pour me faire du mal ? Pour que je me sente responsable ? dis-je.

J'avais les mains moites et la culpabilité pesait sur mon cœur comme un bloc de pierre. Une fois de plus, j'étais indirectement responsable d'un meurtre. D'abord Thomas, et maintenant Cheyenne. Ils avaient tous les deux perdu la vie à cause de moi. Je sentis Noëlle s'avancer pour me soutenir, comme au bon vieux temps. Elle posa une main protectrice sur mon épaule.

— « Dommages collatéraux », résuma Sabine avec un méchant rictus. Il y en a dans toutes les guerres. Et, franchement, Cheyenne était une sale peste.

Les guerres ? Sabine avait totalement disjoncté !

Mes pensées étaient de plus en plus confuses et j'avais le corps engourdi, comme anesthésié. C'est à peine si je remarquais ce qui se passait autour de moi. Mais j'avais besoin de savoir :

— Et alors ? Ton plan, c'était quoi ? De me harceler ? De me faire croire que Cheyenne était morte à cause de moi ?

Sabine se mit à rire. Elle avait les yeux fous :

— Si tu t'étais vue quand tu recevais un mail, ou quand tu trouvais un de mes petits cadeaux ! Tu étais au bord de la crise de nerfs.

Quelqu'un, quelque part, coupa enfin la musique. Autour de nous, on jouait des coudes en chuchotant. Des larmes de colère et d'embarras jaillirent de mes yeux. J'avais atteint les limites de ce que je pouvais supporter. Pendant tout ce temps, j'avais fait confiance à cette fille, je l'avais prise pour mon amie alors qu'elle était ma pire ennemie.

Sabine m'avait torturée pendant des mois et, pas une seconde, je ne l'avais soupçonnée.

Elle avait dû se délecter de me voir lentement perdre la boule. De m'entendre m'enfermer à double tour dans la salle de bains. De me regarder arracher ma robe, juste avant la collecte de fonds, parce qu'elle était imprégnée du parfum de Cheyenne. Sabine était l'une des trois seules personnes à connaître l'existence de la photo où je posais avec Cheyenne. Elle avait dû fouiller dans mes affaires pour la retrouver et l'utiliser contre moi. Je l'avais traitée comme une sœur pendant qu'elle complotait avec Ariana.

Ariana. Voilà comment Sabine avait appris l'histoire des pinceaux à blush : sa sœur la lui avait racontée. Elle m'avait probablement offert un tapis dans le seul but d'y écraser les pinceaux. C'était planifié de façon minutieuse, sadique.

Noëlle me serra le bras plus fort et intervint :

— Tu perds la tête, Sabine.

Celle-ci se contenta de rire :

— Ah, Noëlle... Ma chère Noëlle ! Tu as été la plus difficile à manipuler ! Tu n'arrêtais pas de me mettre des bâtons dans les roues en voulant protéger Reed. En lui fournissant des explications à chaque fois, pour l'empêcher de devenir dingue. En jouant le rôle de la bonne amie.

Tout le monde nous écoutait dans un silence quasi religieux. Je cherchai Ivy dans la foule. Où était-elle ? Avait-elle appelé les flics ? Pourquoi n'étaient-ils pas encore là ?

— Je ne jouais pas un rôle, protesta Noëlle. Contrairement à toi, Sabine, je n'ai pas besoin de faire semblant d'être amie avec quelqu'un.

— C'est vrai ! J'oubliais quelle amie merveilleuse tu as été pour Ariana, quand tu as kidnappé son mec avant de devenir amie avec la salope qui le lui a volé.

Noëlle plissa les yeux :

— Tu dis n'importe quoi.

— Mais maintenant tu sais ce que ça fait, pas vrai ? Tu sais ce qu'on ressent quand on se fait piquer son mec par Reed Brennan.

Sabine nous regarda tour à tour, Noëlle et moi, avant de reprendre :

— Enfin, on dirait que tu lui as déjà pardonné. Je suis déçue. Je te croyais plus ferme.

— Ta gueule, Sabine ! explosai-je.

— Et toi, Reed, ta loyauté pathétique envers Noëlle me donne envie de gerber ! Essayer de vous dresser l'une contre l'autre n'était pas une mince affaire... Mais j'ai réussi ! triompha-t-elle. Grâce à la petite vidéo que j'ai filmée le soir de l'Héritage. À ce propos, mes compliments ! Tu pourrais faire carrière dans le film X.

Un son étranglé s'échappa de mes lèvres et fut repris en écho par de nombreux spectateurs :

— C'était toi ?

— Bien sûr que c'était moi ! dit Sabine avec fierté. J'ai passé la soirée à mettre de l'ecstasy dans tes verres et ceux de Dash. J'ai rédigé le mot où il te demandait de le rejoindre sur le toit...

Je revis en pensée le fameux message. Sur le moment, l'écriture féminine m'avait intriguée, mais j'étais déjà trop saoule pour m'y attarder. Ou plutôt trop droguée.

— Et tout a marché comme sur des roulettes ! fanfaronna Sabine. Vous étiez tellement stone, Dash et toi, que vous ne m'avez même pas vue vous filmer.

Les lumières stroboscopiques continuaient à éclairer les visages par intermittence. Celui de Sabine devint rouge, puis rose. Rouge. Rose.

— Sale petite garce psychotique et manipulatrice ! dit Noëlle par-dessus mon épaule.

— Allons, allons ! Ce n'est pas parce que tu t'es fait avoir que tu dois m'insulter, rétorqua Sabine avec un rictus méprisant. C'est amusant de te voir lâcher tes amies les unes après les autres, du jour au lendemain. D'abord, Ariana, puis cette pauvre Reed. Tu l'as jetée sans même lui donner une chance de s'expliquer.

— Tu es vraiment malade, dis-je. Tu devrais être avec ta sœur dans sa cellule capitonnée.

À cet instant, des sirènes hurlèrent dans le lointain. Sabine se retourna et tout le monde se figea. Tout le monde, sauf Josh et Trey, qui la saisirent par le bras pour l'empêcher de fuir. Un bref instant, le soulagement m'envahit, juste avant de voir la terreur déformer les traits de mes amis. Ils lâchèrent Sabine et reculèrent, tandis qu'elle pointait le canon d'un revolver sur la poitrine de Trey. Des cris fusèrent dans la foule ; le brouhaha enfla. Nos camarades se ruaient vers la sortie. Je voulus battre en retraite, mais j'étais incapable de bouger. Mes pieds refusaient de m'obéir. J'étais transie de froid et je ne pouvais plus respirer.

Sabine tourna son arme vers moi.

— Quand tu t'es fait virer de Billings, dit-elle, j'ai cru que je te tenais enfin. J'avais réussi à ruiner ta vie. Tu n'avais plus d'amis, plus de mec, plus de Billings, plus d'avenir... Mais tu es plus combative que je ne le pensais. Après ton petit discours d'hier soir, j'ai compris qu'il était temps de passer aux choses sérieuses. Tu ne retourneras jamais à Billings, Reed. Tu n'auras pas la vie que tu as volée à Ariana.

— Sabine ! implorai-je, le souffle court. Sabine, ne fais pas ça !

— J'ai pointé cette arme sur la tempe de Cheyenne pour l'obliger à avaler les pilules, reprit-elle d'une voix calme. Je vais enfin avoir l'occasion de tirer.

Je reculai d'un pas :

— Sabine...

— Peut-être que je suis effectivement comme ma sœur, Reed, dit-elle, les yeux pleins de larmes. Mais, contrairement à Ariana, je vais finir ce que j'ai commencé.

Ma vie défila devant mes yeux. Josh, Noëlle, Thomas, Constance, Natasha, Kiran, Taylor, Dash, Scott, mes parents, mes grands-parents, et même mon chien. Je ne les reverrais plus. C'était la fin.

— Reed ! Non !

Les sirènes enflèrent. Josh bouscula Gage et se jeta sur moi. Sabine ferma les yeux et appuya sur la gâchette. Le coup partit dans un fracas de tonnerre.

Et tout devint noir.

Composition et mise en pages réalisées
par ÉTIANNE COMPOSITION
à Montrouge.

Achevé d'imprimer par GGP Media GmbH, Pößneck
en janvier 2013
pour le compte de France Loisirs,
Paris